374

L'HOMME

AUX

QUARANTE

ÉCUS.

L'HOMME

AUX

QUARANTE

É'CUS.

Par

Voltaire

1768.

L'HOMME
AUX
QUARANTE ECUS.

U N vieillard, qui *toujours plaint le préfent & vante le paffé*, me difait : Mon ami, la France n'eft pas auffi riche qu'elle l'a été fous Henri IV. Pourquoi ? c'eft que les terres ne font pas fi bien cultivées ; c'eft que les hommes manquent à la terre, & que le journalier ayant enchéri fon travail, plufieurs colons laiffent leurs héritages en friche.

D'où vient cette difette de manœuvres ? — De ce que quiconque s'eft fenti un peu d'induftrie, a embraffé les métiers de brodeur, de cifeleur, d'horloger, d'ouvrier en foie, de Procureur ou de Théologien. C'eft que la révocation de l'Edit de Nantes a laiffé un

A

très-grand vide dans le Royaume ; que les Re-
ligieuſes & les Mendians ſe ſont multipliés,
& qu'enfin chacun a fui , autant qu'il a pu,
le travail pénible de la culture , pour laquelle
Dieu nous a fait naître , & que nous avons
rendue ignominieuſe, tant nous ſommes ſen-
ſés.

Une autre cauſe de notre pauvreté eſt dans
nos beſoins nouveaux. Il faut payer à nos
voiſins quatre millions d'un article, & cinq
ou ſix d'un autre, pour mettre dans notre nez une poudre puante, venue de l'Amérique : le café, le thé, le chocolat, la coche-
nille, l'indigo, les épiceries, nous coûtent
plus de ſoixante millions par an. Tout cela
était inconnu du temps de Henri IV, aux
épiceries près, dont la conſommation était
bien moins grande. Nous brûlons cent fois
plus de bougie, & nous tirons plus de la moitié de notre cire de l'étranger ; parce que nous
négligeons les ruches. Nous voyons cent fois
plus de diamans aux oreilles, aux cous, aux
mains de nos citoyennes de Paris & de nos
grandes villes, qu'il n'y en avait chez toutes
les Dames de la Cour de Henri IV, en
comptant la Reine. Il a fallu payer preſque

toutes ces superfluités argent comptant.

Observez sur-tout que nous payons plus de quinze millions de rente sur l'Hôtel de ville aux étrangers; & que Henri IV à son avénement en ayant trouvé pour deux millions en tout sur cet hôtel imaginaire, en remboursa sagement une partie pour délivrer l'état de ce fardeau.

Considérez que nos guerres civiles avaient fait verser en France les trésors du Mexique, lorsque Dom Phelippo *el discreto* voulait acheter la France, & que depuis ce temps-là les guerres étrangères nous ont débarrassé de la moitié de notre argent.

Voilà en partie les causes de notre pauvreté. Nous la cachons sous des lambris vernis & par l'artifice des marchandes de modes; nous sommes pauvres avec goût. Il y a des Financiers, des Entrepreneurs, des Négocians très-riches; leurs enfans, leurs gendres sont très-riches: en général la Nation ne l'est pas.

Le raisonnement de ce vieillard, bon ou mauvais, fit sur moi une impression profonde; car le Curé de ma Paroisse qui a toujours eu de l'amitié pour moi, m'a enseigné un peu de géométrie & d'histoire, & je commence à réfléchir, ce qui est très-rare dans ma province Je ne fais s'il avait raifon en tout : mais étant fort pauvre, je n'eus pas grande peine à croire que j'avais beaucoup de compagnons (*).

(*) Madame de Maintenon, qui en tout genre était une femme fort étendue, excepté dans celui fur lequel elle confultait le trigaud & proceffif Abbé Gobolin fon Confeffeur ; Madame de Maintenon, dis-je, dans une de fes lettres, fait le compte du ménage de fon frère & de fa femme en 1680. Le mari & la femme avaient à payer le loyer d'une maifon agréable ; leurs domeftiques étaient au nombre de dix. Ils avaient quatre chevaux & deux Cochers, un bon dîner tous les jours. Madame de Maintenon évalue le tout à neuf mille francs par an, & met trois mille livres pour le jeu, les fpectacles, les fantaifies, les magnificences de Monfieur & de Madame.

Il faudrait à préfent environ quarante mille livres pour mener une telle vie dans Paris. Il n'en eût fallu que fix mille du temps de Henri IV. Cet exemple prouve affez que le vieux bon homme ne radote pas abfolument.

DISGRACE DE L'HOMME

AUX

QUARANTE ÉCUS.

JE suis bien aise d'apprendre à l'*Univers* que j'ai une terre qui me vaudrait net quarante écus de rente, n'était la taxe à laquelle elle est imposée.

Il parut plusieurs Edits de quelques personnes qui, se trouvant de loisir, gouvernent l'Etat au coin de leur feu. Le préambule de ces Edits était que la puissance *législatrice & exécutrice est née de droit divin copropriétaire de ma terre ;* & que je lui dois au moins la moitié de ce que je mange. L'énormité de l'estomac de la puissance législatrice & exécutrice me fit faire un grand signe de croix. Que serait-ce, si cette puissance qui préside à *l'ordre essentiel des sociétés*, avait ma terre en entier ? l'un est encore plus divin que l'autre.

Monsieur le Contrôleur-Général sait que je ne payais en tout que douze livres ; que c'était un fardeau très-pesant pour moi, & que j'y

A iij

aurais fuccombé , fi Dieu ne m'avait donné le
génie de faire des paniers d'ofier qui m'ai-
daient à fupporter ma misère. Comment donc
pourrai-je tout d'un coup donner au Roi vingt
écus ?

Les nouveaux Miniftres difaient encore dans
leur préambule , qu'on ne doit taxer que les
terres , parce que tout vient de la terre jufqu'à la pluie ; & que par conféquent il n'y a
que les fruits de la terre qui doivent l'impôt.

Un de leurs Huiffiers vint chez moi dans
la dernière guerre : il me demanda pour
ma quote part trois fepriers de blé , & un
fac de féves , le tout valant vingt écus , pour
foutenir la guerre qu'on faifait , & dont je
n'ai jamais fu la raifon , ayant feulement entendu dire que dans cette guerre il n'y avait
rien à gagner du tout pour mon pays & beaucoup à perdre. Comme je n'avais alors ni blé ,
ni féves , ni argent , la puiffance légiflatrice &
exécutrice me fit traîner en prifon ; & on fit
la guerre comme on put.

En fortant de mon cachot , n'ayant que la
peau fur les os , je rencontrai un homme
joufflu & vermeil dans un carroffe à fix che-

vaux; il avait fix laquais, & donnait à chacun d'eux pour gages le double de mon revenu. Son Maître d'hôtel, auffi vermeil que lui, avait deux mille francs d'appointemens, & lui en volait par an vingt mille. Sa Maîtreffe lui coûtait quarante mille écus en fix mois : je l'avais connu autrefois dans le temps qu'il était moins riche que moi ; il m'avoua pour me confoler qu'il jouiffait de quatre cens mille livres de rentes : vous en payez donc deux cens mille à l'Etat, lui dis-je, pour foutenir la guerre avantageufe que nous avons : car moi qui n'ai jufte que mes cent vingt livres, il faut que j'en paye la moitié.

Moi! dit-il, que je contribue aux befoins de l'Etat! Vous voulez rire, mon ami : j'ai hérité d'un oncle qui avait gagné huit millions à Cadix & à Surate ; je n'ai pas un pouce de terre ; tout mon bien eft en contrats, en billets fur la place ; je ne dois rien à l'Etat ; c'eft à vous de donner la moitié de votre fubfiftance, vous, qui êtes un Seigneur terrien. Ne voyez-vous pas que fi le Miniftre des Finances exigeait de moi quelques fecours pour la Patrie, il ferait un imbécille qui ne faurait pas calculer ; car tout

A iiij

vient de la terre : l'argent & les billets ne
font que des gages d'échanges , au lieu de
mettre fur une carte au Pharaon cent feptiers
de blé , cent bœufs , mille moutons , &
deux cens facs d'avoine , je joue des rouleaux
d'or qui repréfentent ces denrées dégoûtantes.
Si après avoir mis *l'impôt unique* fur ces denrées, on venait encore me demander de l'argent ; ne voyez-vous pas que ce ferait un
double emploi , que ce ferait demander deux
fois la même chofe ? Mon oncle vendit à
Cadix pour deux millions de votre blé , & pour
deux millions d'étoffes fabriquées avec votre
laine : il gagna plus de cent pour cent dans
ces deux affaires. Vous concevez bien que ce
profit fut fait fur des terres déjà taxées : ce
que mon oncle achetait dix fous de vous , il
le revendait plus de cinquante francs au Mexique, & tous frais faits , il eft revenu avec
huit millions.

Vous fentez bien qu'il ferait d'une horrible injuftice de lui redemander quelques oboles
fur les dix fous qu'il vous donna. Si vingt
neveux comme moi , dont les oncles auraient
gagné dans le bon temps chacun huit millions
au Mexique , à Buenos-Aires , à Lima , à Su-

rate, ou à Pondicheri, prêtaient feulement à l'Etat chacun deux cens mille francs dans les befoins urgens de la Patrie, cela produirait quatre millions : quelle horreur ! Payez, mon ami, vous qui jouiffez en paix d'un revenu clair & net de quarante écus, fervez bien la Patrie, & venez quelquefois díner avec ma livrée.

Ce difcours plaufible me fit beaucoup réfléchir, & ne me confola guères.

ENTRETIEN
AVEC
UN GÉOMETRE.

IL arrive quelquefois qu'on ne peut rien répondre, & qu'on n'eft pas perfuadé. On eft atterré fans pouvoir être convaincu. On fent dans le fond de fon ame un fcrupule, une répugnance qui nous empêche de croire ce qu'on nous a prouvé. Un Géomètre vous démontre qu'entre un cercle & une tangente, vous pouvez faire paffer une infinité de lignes courbes, & que vous n'en pouvez faire paſſer une droite. Vos yeux, votre raiſon vous diſent le contraire. Le Géomètre vous répond gravement que c'eſt-là un infini du ſecond ordre. Vous vous taiſez, & vous vous en retournez tout ſtupéfait, ſans avoir aucune idée nette, ſans rien comprendre & ſans rien répliquer.

Vous conſultez un Géomètre de meilleure foi qui vous explique le myſtère. Nous ſuppoſons, dit-il, ce qui ne peut être dans la nature, des lignes qui ont de la longueur ſans largeur ; il eſt impoſſible phyſiquement parlant, qu'une ligne réelle en pénètre une autre. Nulle courbe, ni nulle droite réelle ne peuvent paſſer entre deux lignes réelles qui ſe touchent ; ce ne ſont-là que des jeux de l'entendement, des chimères idéales ; & la véritable géométrie eſt l'art de meſurer les choſes exiſtantes.

Je fus très-content de l'aveu de ce ſage Mathématicien ; & je me mis à rire dans mon malheur d'apprendre qu'il y avait de la charlatanerie juſques dans la ſcience qu'on appelle la haute ſcience.

Mon Géomètre était un Citoyen philoſophe qui avait daigné quelquefois cauſer avec moi dans ma chaumière. Je lui dis, Monſieur, vous avez tâché d'éclairer les badauds de Paris sur le plus grand intérêt des hommes, la durée de la vie humaine. Le ministère a connu par vous seul ce qu'il doit donner aux rentiers viagers selon leurs différens âges. Vous avez proposé de donner aux maisons de la ville l'eau qui leur manque, & de nous sauver enfin de l'opprobre & du ridicule d'entendre toujours crier à l'eau, & de voir des femmes enfermées dans un cerceau oblong, porter deux seaux d'eau pesant ensemble trente livres, à un quatrième étage auprès d'un privé. Faites-moi, je vous prie, l'amitié de me dire combien il y a d'animaux à deux mains & à deux pieds en France.

Le Géomètre.

On prétend qu'il y en a environ vingt millions, & je veux bien adopter ce calcul très-probable (*), en attendant qu'on le vérifie : ce qui serait très-aisé, & qu'on n'a pas encore

(*) Cela est prouvé par les Mémoires des Intendans faits à la fin du dix-septième siècle, combinés avec le dénombrement par feux composé en 1753, par ordre de M. le Comte d'Argenson, & sur-tout avec l'ouvrage très-exact de M. Mezence fait sous les yeux de Monsieur l'Intendant de la Michaudière, l'un des hommes les plus éclairés.

fait, *parce qu'on ne s'avise jamais de tout.*

L'Homme aux quarante écus.

Combien croyez-vous que le territoire de France contienne d'arpens?

Le Géomètre.

Cent trente millions, dont presque la moitié est en chemins, en villes, villages, landes, bruyères, marais, sables, terres stériles, Couvens inutiles, jardins de plaisance plus agréables qu'utiles, terreins incultes, mauvais terreins mal cultivés. On pourrait réduire les terres d'un bon rapport à soixante & quinze millions d'arpens quarrés; mais comptons-en quatre vingt millions. On ne saurait trop faire pour sa Patrie.

L'Homme aux quarante écus.

Combien croyez-vous que chaque arpent rapporte l'un dans l'autre année commune, en blé, en semence de toutes espèces, vins, étangs, bois, métaux, bestiaux, fruits, laines, soies, lait, huiles, tous frais faits, sans compter l'impôt?

Le Géomètre.

Mais, s'ils produisent chacun vingt-cinq

livres, c'est beaucoup ; cependant, mettons trente livres pour ne pas décourager nos Concitoyens. Il y a des arpens qui produisent des valeurs renaissantes estimées trois cens livres; il y en a qui produisent trois livres. La moyenne proportionnelle entre trois & trois cens, est trente ; car vous voyez bien que trois est à trente, comme trente est à trois cens. Il est vrai que s'il y avait beaucoup d'arpens à trente livres & très-peu à trois cens livres, notre compte ne s'y trouverait pas : mais encore une fois, je ne veux point chicaner.

L'Homme aux quarante écus.

Eh bien ! Monsieur, combien les quatre vingt millions d'arpens donneront-ils de revenus estimés en argent ?

Le Géomètre.

Le compte est tout fait : cela produit par an deux milliards quatre cens millions de livres numéraires au cours de ce jour.

L'Homme aux quarante écus.

J'ai lu que Salomon possédait lui seul vingt-cinq milliards d'argent comptant ; & certainement il n'y a pas deux milliards quatre cens millions d'espèces circulantes dans la France,

qu'on m'a dit être beaucoup plus grande &
plus riche que le pays de Salomon.

Le Géomètre.

C'eft-là le myftère : il y a peut-être à
préfent environ neuf cens millions d'argent cir-
culant dans le Royaume ; & cet argent paffant
de main en main, fuffit pour payer toutes les
denrées & tous les travaux : le même écu
peut paffer mille fois de la poche du Cultivateur dans celle du Cabaretier & du Commis
des Aides.

L'Homme aux quarante écus.

J'entends. Mais vous m'avez dit que nous
fommes vingt millions d'habitans, hommes &
femmes, vieillards & enfans : combien pour
chacun, s'il vous plaît ?

Le Géomètre.

Cent vingt livres ou quarante écus.

L'Homme aux quarante écus.

Vous avez deviné tout jufte mon revenu :
j'ai quatre arpens, qui, en comptant les années
de répos mêlées avec les années de produit,
me valent cent vingt livres : c'eft peu de
chofe.

Quoi! fi chacun avait une portion égale

comme dans l'âge d'or, chacun n'aurait que cinq louis d'or par an?

Le Géomètre.

Pas davantage, fuivant notre calcul que j'ai un peu enflé. Tel eft l'état de la nature humaine. La vie & la fortune font bien bornées; on ne vit à Paris que vingt-deux à vingt-trois ans : & l'un portant l'autre, on n'a tout au plus que 120 livres par an à dépenfer. C'eft - à - dire que votre nourriture, votre vêtement, votre logement, vos meubles, font repréfentés par la fomme de 120 livres.

L'Homme aux quarante écus.

Hélas! que vous ai-je fait pour m'ôter ainfi la fortune & la vie? Eft-il vrai que je n'aie que vingt-trois ans à vivre, à moins que je ne vole la part de mes camarades?

Le Géomètre.

Cela eft inconteftable dans la bonne ville de Paris; mais de ces vingt-trois ans, il en faut retrancher au moins dix de votre enfance; car l'enfance n'eft pas une jouiffance de la vie, c'eft une préparation, c'eft le veftibule de l'édifice, c'eft l'arbre qui n'a pas encore donné de fruits, c'eft le crépufcule d'un

jour. Retranchez de treize années qui vous
reftent le temps du fommeil, & celui de
l'ennui, c'eft au moins la moitié : refte fix
ans & demi que vous paffez dans le chagrin,
les douleurs, quelques plaifirs & l'efpérance.

L'Homme aux quarante écus.

Miféricorde, votre compte ne va pas à trois
ans d'une exiftence fupportable.

Le Géomètre.

Ce n'eft pas ma faute. La nature fe fou-
cie fort peu des individus. Il y a d'autres
infeétes qui ne vivent qu'un jour, mais dont
l'efpèce dure à jamais. La nature eft comme ces
grands Princes qui comptent pour rien la perte de quatre cens mille hommes, pourvu qu'ils
viennent à bout de leurs auguftes defïeins.

L'Homme aux quarante écus.

Quarante écus & trois ans à vivre! quelle
reffource imaginerez-vous contre ces deux
malédiétions ?

Le Géomètre.

Pour la vie, il faudrait rendre dans Paris
l'air plus pur, que les hommes mangeaffent
moins, qu'ils fiffent plus d'exercices, que les
mères allaitaffent leurs enfans, qu'on ne fût
plus affez mal avifé pour craindre l'inocula-
tion;

tion ; c'eft ce que j'ai déjà dit ; & pour la fortune, il n'y a qu'à fe marier & faire des garçons & des filles.

L'Homme aux quarante écus.

Quoi ! le moyen de vivre commodément eft d'affocier ma mifère à celle d'un autre ?

Le Géomètre.

Cinq ou fix mifères enfemble font un établiffement très-tolérable. Ayez une brave femme, deux garçons & deux filles feulement, cela fait fept cens vingt livres pour votre petit ménage, fuppofé que juftice foit faite, & que chaque individu ait 120 liv. de rente. Vos enfans en bas âge ne vous coûtent prefque rien ; devenus grands ils vous foulagent : leurs fecours mutuels vous fauvent prefque toutes les dépenfes, & vous vivez très-heureufement en philofophe, pourvu que ces Meffieurs qui gouvernent l'Etat n'ayent pas la barbarie de vous extorquer à chacun vingt écus par an ; mais le malheur eft que nous ne fommes plus dans l'âge d'or, où les hommes nés tous égaux avaient également part aux productions fucculentes d'une terre non cultivée. Il s'en faut beaucoup aujourd'hui que chaque être à deux mains & à deux pieds

B

poffede un fonds de cent vingt livres de revenu.

L'Homme aux quarante écus.

Ha ! vous nous ruinez. Vous nous difiez tout-à-l'heure que dans un pays où il y a quatre-vingt millions d'arpens de terre affez bonne, & vingt millions d'habitans, chacun doit jouir de 120 livres de rente, & vous nous les ôtez !

Le Géomètre.

Je comptais fuivant les regîtres du fiècle d'or, & il faut compter fuivant le fiècle de fer. Il y a beaucoup d'habitans qui n'ont que la valeur de dix écus de rente, d'autres qui n'en ont que quatre ou cinq, plus de fix millions d'hommes qui n'ont abfolument rien.

L'Homme aux quarante écus.

Mais ils mourraient de faim au bout de trois jours.

Le Géomètre.

Point du tout ; les autres qui poffedent leurs portions, les font travailler, & partagent avec eux ; c'eft ce qui paye le théologien, le confiturier, l'apothicaire, le prédicateur, le comédien, le procureur & le fiacre. Vous

vous êtes cru à plaindre de n'avoir que cent vingt livres à dépenfer par an, réduites à 108 livres à caufe de votre taxe de douze francs; mais regardez les foldats qui donnent leur fang pour la patrie, ils ne difpofent, à quatre fous par jour, que de foixante & treize livres, & ils vivent gaiement en s'affociant par chambrées.

L'Homme aux quarante écus.

Ainfi donc un ex-Jéfuite a plus de cinq fois la paye du foldat. Cependant les foldats ont rendu plus de fervices à l'Etat fous les yeux du Roi à Fontenoy, à Laufelt, au fiege de Fribourg, que n'en a jamais rendu le ré-vérend père la Valette.

Le Géometre.

Rien n'eft plus vrai : & même chaque Jé-fuite devenu libre a plus à dépenfer qu'il ne coûtoit à fon couvent; il y en a même qui ont gagné beaucoup d'argent à faire des brochures contre les Parlemens, comme le révérend père Patouillet, & le révé-rend père Nonotte. Chacun s'ingénie dans ce monde; l'un eft à la tête d'une manufactu-re d'étoffes, l'autre de porcelaine; un autre entreprend l'opéra; celui-ci fait la gazette Eccléfiaftique; cet autre une tragédie bour-

geoife ou un roman dans le goût Anglais ;
il entretient le papetier, le marchand d'encre,
le libraire, le colporteur, qui fans lui deman-
deraient l'aumône. Ce n'eft enfin que la reftitution de cent vingt livres à ceux qui n'ont
rien qui fait fleurir l'Etat.

L'Homme aux quarante écus.
Plaifante manière de fleurir !

Le Géomètre.
Il n'y en a point d'autre ; par tout pays le
riche fait vivre le pauvre. Voilà l'unique four-
ce de l'induftrie du commerce. Plus la nation eft induftrieufe, plus elle gagne fur l'é-
tranger. Si nous attrapions de l'étranger dix
millions par an pour la balance du commerce,
il y aurait dans vingt ans deux cens millions
de plus dans l'Etat ; ce ferait dix francs de plus
à répartir loyalement fur chaque tête ; c'eft-à-dire que les négocians feraient gagner à chaque
pauvre dix francs de plus une fois payés, dans
l'efpérance de faire des gains encore plus confi-
dérables. Mais le commerce a fes bornes comme
la fertilité de la terre ; autrement la progreffion
irait à l'infini ; & puis il n'eft pas fûr que la
balance de notre commerce nous foit toujours
favorable ; il y a des temps où nous perdons.

L'Homme aux quarante écus.

J'ai entendu parler beaucoup de population. Si nous nous avisions de faire le double d'enfans de ce que nous en faisons ; si notre patrie était peuplée du double , si nous avions quarante millions d'habitans au lieu de vingt ; qu'arriverait-il ?

Le Géomètre.

Il arriverait que chacun n'aurait à dépenser que vingt écus l'un portant l'autre ; ou qu'il faudrait que la terre rendît le double de ce qu'elle rend ; ou qu'il y aurait le double de pauvres ; ou qu'il faudrait avoir le double d'industrie & gagner le double sur l'étranger , ou envoyer la moitié de la nation en Amérique ; ou que la moitié de la nation mangeât l'autre.

L'Homme aux quarante écus.

Contentons-nous donc de nos vingt millions d'hommes & de nos cent vingt livres par tête , réparties comme il plaît à Dieu ; mais cette situation est triste , & votre siècle de fer est bien dur.

Le Géomètre.

Il n'y a aucune nation qui soit mieux ; & il en est beaucoup qui sont plus mal. Croyez-vous qu'il y ait dans le Nord de quoi donner la valeur de cent vingt de nos livres à chaque habitant? S'ils avaient eu l'équivalent, les Huns, les Goths, les Vandales, & les Francs n'auraient pas déserté leur patrie pour aller s'établir ailleurs, le fer & la flamme à la main.

L'Homme aux quarante écus.

Si je vous laiffais dire, vous me perfuaderiez bientôt que je fuis heureux avec mes cent vingt francs.

Le Géomètre.

Si vous penfiez être heureux, en ce cas vous le feriez.

L'Homme aux quarante écus.

On ne peut s'imaginer être ce qu'on n'eft pas, à moins qu'on ne foit fou.

Le Géomètre.

Je vous ai déjà dit que pour être plus à votre aife & plus heureux que vous n'êtes, il faut que vous preniez une femme; mais j'ajouterai qu'elle doit avoir comme vous 120 livres de rente, c'eft-à-dire quatre arpens à dix écus l'arpent. Les anciens Romains n'en avaient chacun que trois. Si vos enfans font induftrieux, ils pourront en gagner chacun autant en travaillant pour les autres.

L'Homme aux quarante écus.

Ainsi ils ne pourront avoir de l'argent sans que d'autres en perdent.

Le Géometre.

C'est la loi de toutes les nations ; on ne respire qu'à ce prix.

L'Homme aux quarante écus.

Et il faudra que ma femme & moi nous donnions chacun la moitié de notre récolte à la puissance législatrice & exécutrice, & que les nouveaux Ministres d'Etat nous enlèvent la moitié du prix de nos sueurs & de la substance de nos pauvres enfans, avant qu'ils puissent gagner leur vie! Dites-moi, je vous prie, combien nos nouveaux Ministres font entrer d'argent de droit divin dans les coffres du Roi?

Le Géometre.

Vous payez vingt écus pour quatre arpens qui vous en rapportent quarante. L'homme riche, qui possede quatre cens arpens, payera deux mille écus par ce nouveau tarif, & les quatre vingt millions d'arpens rendront au Roi douze cens millions de livres par année, ou quatre cens millions d'écus.

B iiij

L'Homme aux quarante écus.

Cela me paraît impraticable & impoffible.

Le Géomètre.

Vous avez très-grande raifon, & cette im-
poffibilité eft une démonftration géométrique
qu'il y a un vice fondamental de raifonne-
ment dans nos nouveaux Miniftres.

L'Homme aux quarante écus.

N'y a-t-il pas auffi une prodigieufe injuftice
démontrée à me prendre la moitié de mon blé,
de mon chanvre, de la laine de mes moutons,
&c. & de n'exiger aucun fecours de ceux qui
auront gagné dix ou vingt ou trente mille livres de rente avec mon chanvre dont ils ont
tiffu de la toile, avec ma laine dont ils ont
fabriqué des draps, avec mon blé qu'ils auront vendu plus cher qu'ils ne l'ont achété?

Le Géomètre.

L'injuftice de cette adminiftration eft auffi
évidente que fon calcul eft erroné. Il faut
que l'induftrie foit favorifée, mais il faut que
l'induftrie opulente fecoure l'Etat. Cette induftrie vous a certainement ôté une partie
de vos 120 liv. & fe les eft appropriées en
vous vendant vos chemifes & votre habit vingt

fois plus chers qu'ils ne vous auraient coûté
fi vous les aviez faits vous-même. Le ma-
nufacturier qui s'eft enrichi à vos dépens, a,
je l'avoue, donné un falaire à fes ouvriers qui
n'avaient rien par eux-mêmes; mais il a
retenu pour lui chaque année une fomme
qui lui a valu enfin trente mille livres de
rente; il a donc acquis cette fortune à vos
dépens, vous ne pourrez jamais lui vendre
vos denrées affez chères pour vous rembourfer
de ce qu'il a gagné fur vous; car fi vous
tentiez ce furhauffement, il en ferait venir
de l'étranger à meilleur prix. Une preuve
que cela eft ainfi, c'eft qu'il refte toujours
poffeffeur de fes trente mille livres de rente,
& vous reftez avec vos cent vingt livres qui
diminuent fouvent bien loin d'augmenter.

Il eft donc néceffaire & équitable que l'induftrie rafinée du négociant paye plus que
l'induftrie groffière du laboureur. Il en eft
de même des receveurs des deniers publics.
Votre taxe avait été jufqu'ici de douze francs
avant que nos grands Miniftres vous euffent
pris vingt écus. Sur ces douze francs, le
publicain retenait dix fous pour lui. Si
dans votre province il y a cinq cent mille

ames, il aura gagné deux cens cinquante mille francs par an. Qu'il en dépenfe cinquante, il eft clair qu'au bout de dix ans il aura deux millions de bien. Il eft très-jufte qu'il contribue à proportion, fans quoi tout ferait perverti & bouleverfé.

L'Homme aux quarante écus.

Je vous remercie d'avoir taxé ce financier, cela foulage mon imagination ; mais puifqu'il a fi bien augmenté fon fuperflu, comment puis-je faire pour accraître auffi ma petite fortune ?

Le Géomètre.

Je vous l'ai déjà dit, en vous mariant, en travaillant, en tâchant de tirer de votre terre quelques gerbes de plus que ce qu'elle vous produifait.

L'Homme aux quarante écus.

Je fuppofe que j'aye bien travaillé, que toute la nation en ait fait autant, que la puiffance légiflatrice & exécutrice en ait reçu un plus gros tribut, combien la nation a-t-elle gagné au bout de l'année ?

Le Géomètre.

Rien du tout ; à moins qu'elle n'ait fait un commerce étranger utile ; mais elle aura

vécu plus commodément. Chacun aura eu à
proportion plus d'habits, de chemifes, de
meubles, qu'il n'en avait auparavant. Il y
aura eu dans l'Etat une circulation plus abondante; les falaires auront été augmentés avec le
temps à peu près en proportion du nombre de
gerbes de blé, de toifons de moutons, de cuirs
de bœufs, de cerfs & de chèvres qui auront été
employés, de grapes de raifin qu'on aura foulées
dans le preffoir. On aura payé au Roi plus de valeur de denrées en argent, & le Roi aura
rendu plus de valeur à tous ceux qu'il aura
fait travailler fous fes ordres; mais il n'y aura pas un écu de plus dans le royaume.

L'Homme aux quarante écus.

Que reftera-t-il donc à la puiffance au bout
de l'année?

Le Géomètre.

Rien encore une fois; c'eft ce qui arrive à
toute puiffance; elle ne théfaurife pas; elle a
été nourrie, vêtue, logée, meublée, tout le
monde l'a été auffi, chacun fuivant fon état;
& fi elle théfaurife, elle a arraché à la circulation autant d'argent qu'elle en a entaffé;
elle a fait autant de malheureux qu'elle a mis
de fois quarante écus dans fes coffres.

L'Homme aux quarante écus.

Mais ce grand Henry IV n'était donc qu'un vilain, un ladre, un pillard ; car on m'a conté qu'il avait encaqué dans la baſtille plus de cinquante millions de notre monnoie d'aujourd'hui.

Le Géomètre.

C'était un homme auſſi bon, auſſi prudent que valeureux. Il allait faire une juſte guerre, & en amaſſant dans ſes coffres vingt-deux millions de ſon temps, en ayant encore à recevoir plus de vingt autres qu'il laiſſait circuler, il épargnait à ſon peuple plus de cent millions qu'il en aurait coûté, s'il n'avait pas pris ces utiles meſures. Il ſe rendait moralement ſûr du ſuccès contre un ennemi qui n'avait pas les mêmes précautions. Le calcul des probabilités était prodigieuſement en ſa faveur. Ses vingt - deux millions encaiſſés prouvaient qu'il y avait alors dans le Royaume la valeur de vingt - deux millions d'excédent dans les biens de la terre, ainſi perſonne ne ſouffrait.

L'Homme aux quarante écus.

Mon vieillard me l'avait bien dit, qu'on était à proportion plus riche ſous l'adminiſtration du Duc de Sully, que ſous celle des nouveaux Miniſtres qui ont mis l'impôt unique,

& qui m'ont pris vingt écus fur quarante.
Dites - moi, je vous en prie, y a - t - il une
nation au monde qui jouiffe de ce beau bénéfice de l'impôt unique ?

Le Géomètre.

Pas une nation opulente. Les Anglais qui
ne rient guères, fe font mis à rire quand ils
ont appris que des gens d'efprit avaient pro-
pofé parmi nous cette adminiftration. Les
Chinois exigent une taxe de tous les vaiffeaux marchands qui abordent à Kanton. Les
Hollandais payent à Nangazaqui quand ils
font reçus au Japon, fous prétexte qu'ils ne
font pas Chrétiens. Les Lapons & les Sa-
moïdes, à la vérité, font foumis à un impôt
unique en peaux de martre. La République de
St. Marin ne paye que des dixièmes pour entretenir l'Etat dans fa fplendeur.

Il y a dans notre Europe une nation célébre par fon équité & pour fa valeur, qui
ne paye aucune taxe ; c'eft le peuple Helvé-
tien ; mais voici ce qui eft arrivé: ce peuple s'eft mis à la place des Ducs d'Autriche,
& de Zeringue, les petits cantons font démo-
cratiques & très-pauvres, chaque habitant y
paye une fomme très-modique pour les befoins

de la petite République. Dans les cantons ri= ches, on eſt chargé envers l'Etat des rede= vances que les Archiducs d'Autriche & les Seigneurs Fonciers exigeaient : les cantons Proteſtans ſont à proportion du double plus riches que les Catholiques, parce que l'Etat y poſſede les biens des moines. Ceux qui étaient ſujets des Archiducs d'Autriche, des Ducs de Zeringue & des moines, le ſont aujourd'hui de la patrie ; ils payent à cette patrie les mêmes dix= mes, les mêmes droits, les mêmes lods & ven= tes qu'ils payaient à leurs anciens Maîtres ; & comme les ſujets en général ont très-peu de commerce, le négoce n'eſt aſſujetti à aucune charge, excepté de petits droits d'entrepôt : les hommes trafiquent de leur valeur avec les puiſſances étrangères, & ſe vendent pour quel= ques années, ce qui fait entrer quelque argent dans leur pays à nos dépens ; & c'eſt un exem= ple auſſi unique dans le monde policé, que l'eſt l'impôt établi par vos nouveaux Légiſlateurs.

L'Homme aux quarante écus.

Ainſi, Monſieur, les Suiſſes ne ſont pas de droit divin dépouillés de la moitié de leurs biens, & celui qui poſſede quatre vaches n'en donne pas deux à l'Etat ?

Le Géomètre.

Non, sans doute. Dans un Canton, sur
treize tonneaux de vin on en donne un, &
on en boit douze. Dans un autre Canton on
paye la douzième partie, & on en boit onze.

L'Homme aux quarante écus.

Ah! qu'on me fasse Suisse. Le maudit impôt que l'impôt unique & inique, qui m'a
réduit à demander l'aumône! mais trois ou
quatre cens impôts, dont les noms mêmes me
sont impossibles à retenir & prononcer, sont-
ils plus justes & plus honnêtes? Y a-t-il jamais eu un Législateur qui, en fondant un Etat,
ait imaginé de créer des Conseillers du Roi,
mesureurs de charbon, jaugeurs de vin, mou-
leurs de bois, langueyeurs de porc, contrô-
leurs de beurre salé? d'entretenir une armée de
faquins deux fois plus nombreuse que celle
d'Alexandre, commandée par soixante géné-
raux qui mettent le pays à contribution, qui
remportent des victoires signalées tous les jours,
qui font des prisonniers, & qui quelquefois les
sacrifient en l'air ou sur un petit théâtre de
planches, comme faisoient les anciens Scythes,
à ce que m'a dit mon Curé?

Une telle Législation, contre laquelle tant

de cris s'élevaient & qui faisait verser tant de larmes, valait-elle mieux que celle qui m'ôte tout d'un coup nettement & paisiblement la moitié de mon existence? J'ai peur qu'à bien compter on ne m'en prît en détail les trois quarts sous l'ancienne finance.

Le Géomètre.

Illiacos intra muros peccatur & extra.
Est modus in rebus, caveas ne quid nimis.

L'Homme aux quarante écus.

J'ai appris un peu d'histoire & de géométrie, mais je ne sais pas le latin.

Le Géomètre.

Cela signifie à peu près, *on a tort des deux cotés. Gardez le milieu en tout. Rien de trop.*

L'Homme aux quarante écus.

Oui, rien de trop, c'est ma situation; mais je n'ai pas assez.

Je conviens que vous périrez de faim, & moi aussi, & l'Etat aussi, supposé que la nouvelle administration dure seulement deux ans; mais il faut espérer que Dieu aura pitié de nous.

L'Homme aux quarante écus.

On passe sa vie à espérer, & on meurt en espé-

eſpérant. Adieu , Monſieur , vous m'avez
inſtruit, mais j'ai le cœur navré.

Le Géomètre.

C'eſt ſouvent le fruit de la ſcience.

AVENTURE
AVEC UN CARME

Quand j'eus bien remercié l'Académicien
de l'Académie des Sciences, de m'a-
voir mis au fait, je m'en allai tout pantois,
louant la Providence, mais gromelant entre
mes dents ces triſtes paroles : *Vingt écus de
rente ſeulement pour vivre, & n'avoir que vingt-
deux ans à vivre !* Hélas ! puiſſe notre vie être
encore plus courte, puiſqu'elle eſt ſi mal-
heureuſe !

Je me trouvai bientôt vis-à-vis d'une maiſon ſuperbe. Je ſentais déjà la faim ; je n'avais
pas ſeulement la cent-vingtième partie de la
ſomme qui appartient de droit à chaque individu. Mais dès qu'on m'eut appris que ce
palais était le Couvent des Révérends Pères
Carmes déchauſſés , je conçus de grandes eſ-

C

pérances ; & je dis, puifque ces Saints font
affez humbles pour marcher pieds nuds, ils
feront affez charitables pour me donner à
dîner.

Je fonnai ; un Carme vint : que voulez-vous,
mon fils ? du pain, mon Révérend Père ; les
nouveaux Edits m'ont tout ôté. Mon fils,
nous demandons nous-mêmes l'aumône, nous
ne la faifons pas. Quoi ! votre faint inftitut vous ordonne de n'avoir pas de fouliers,
& vous avez une maifon de Prince ! & vous
me refufez à manger ! Mon fils, il eft
vrai que nous fommes fans fouliers & fans
bas ; c'eft une dépenfe de moins ; mais nous
n'avons pas plus froid aux pieds qu'aux mains ;
& fi notre faint inftitut nous avait ordonné
d'aller cul nud, nous n'aurions point froid au
derrière. A l'égard de notre belle maifon,
nous l'avons aifément bâtie, parce que nous
avons cent mille livres de rentes en maifons
dans la même rue.

Ah, ah ! vous me laiffez mourir de faim, &
vous avez cent mille livres de rentes : vous
en rendez donc cinquante mille au nouveau
Gouvernement ?

Dieu nous préferve de payer une obole. Le

feul produit de la terre cultivée par des mains laborieufes , endurcies de calus & mouillées de larmes , doit des tributs à la puiffance lé-giflatrice & exécutrice. Les aumônes qu'on nous a données nous ont mis en état de faire bâtir ces maifons dont nous tirons cent mille livres par an. Mais ces aumônes venant des fruits de la terre, ayant déjà payé le tribut, elles ne doivent pas payer deux fois : elles ont fanctifié les fidèles qui fe font appauvris en nous enrichiffant : & nous continuons à de-mander l'aumône & à mettre à contribution le fauxbourg St. Germain pour fanctifier encore les fidèles. Ayant dit ces mots , le Carme me ferma la porte au nez.

Je paffai pardevant l'hôtel des Moufque-taires gris ; je contai la chofe à un de ces Mef-fieurs ; ils me donnèrent un bon dîner & un écu. L'un d'eux propofa d'aller brûler le cou-vent ; mais un Moufquetaire plus fage lui re-montra que le temps n'était pas encore venu , & le pria d'attendre encore deux ou trois ans.

AUDIENCE

DE MONSIEUR

LE CONTROLEUR GENERAL.

J'Allai avec mon écu préfenter un placet à Monfieur le Contrôleur-Général, qui donnait audience ce jour-là.

Son antichambre était remplie de gens de toute efpèce. Il y avait furtout des vifages encore plus pleins , des ventres plus rebondis , des mines plus fières que mon homme aux huit millions. Je n'ofais m'approcher , je les voyais , & ils ne me voyaient pas.

Un Moine , gros décimateur, avait intenté un procès à des citoyens qu'il appelait fes payfans. Il avait déjà plus de revenus que la moitié de fes paroiffiens enfemble ; & de plus, il était Seigneur de Fief. Il prétendait que fes vaffaux ayant converti avec des peines extrêmes leurs bruyères en vignes, ils lui devaient la dixième partie de leur vin, ce qui faifait, en comptant le prix du travail & des échalats , & des futailles , & du cellier , plus du quart de la récolte. Mais comme les dix-mes, disait-il, sont de droit divin, je demande le quart de la substance de mes paysans au nom de Dieu. Le Ministre lui dit, je vois combien vous êtes charitable.

Un Fermier-Général fort intelligent dans les Aides, lui dit alors : Monseigneur, ce village ne peut rien donner à ce Moine ; car ayant fait payer aux paroissiens l'année passée, trente-deux impôts pour leur vin, & les ayant fait condamner ensuite à payer le trop-bu, ils sont entiérement ruinés. J'ai fait vendre leurs bestiaux & leurs meubles, ils sont encore mes redevables. Je m'oppose aux prétentions du Révérend Père.

Vous avez raison d'être son rival, répartit le Ministre, vous aimez l'un & l'autre également votre prochain, & vous m'édifiez tous deux.

Un troisième, Moine & Seigneur, dont les paysans sont mainmortables, attendait aussi un arrêt du Conseil qui le mît en possession de tout le bien d'un badaud de Paris, qui ayant par inadvertance demeuré un an & un jour dans une maison sujette à cette servitude, & enclavée dans les états de ce Prêtre, y était mort au bout de l'année. Le moine réclamait tout le bien du badaud , & cela de droit divin.

Le Miniſtre trouva le cœur du moine auſſi juſte & auſſi tendre que les deux premiers.

Un quatrième , qui était Contrôleur du Domaine , préſenta un beau mémoire , par lequel il ſe juſtifiait d'avoir réduit vingt familles à l'aumône. Elles avaient hérité de leurs oncles ou tantes , ou frères , ou couſins , il avait fallu payer les droits. Le Domanier leur avait prouvé généreuſement qu'elles n'avaient pas aſſez eſtimé leurs héritages , qu'elles étaient beaucoup plus riches qu'elles ne croyaient ; & en conſéquence les ayant condamnées à l'amende du triple , les ayant ruinées en frais , & fait mettre en priſon les pères de famille , il avait acheté leurs meilleures poſſeſſions ſans bourſe délier.

Le Contrôleur Général lui dit (d'un ton un peu amer à la vérité) : *Euge , Contrôleur bone & fidelis , quia ſupra pauca fuiſti fidelis , Fermier général te conſtituam* (*). Cependant , il dit tout bas à un maître des Requêtes qui était à côté de lui : il faudra bien faire ren-

_____

(*) Je me fis expliquer ces paroles par un ſavant à quarante écus , elles me réjouirent.

dre gorge à ces fangfues facrées, & à ces fangfues profanes : il eft temps de foulager le
peuple, qui, fans nos foins & notre équité,
n'aurait jamais de quoi vivre que dans l'autre
monde (*).

Des hommes d'un génie profond lui pré-
fentèrent des projets. L'un avait imaginé de
mettre des impôts fur l'efprit. Tout le
monde, difait-il, s'empreffera de payer, perfonne ne voulant paffer pour un fot. Le Miniftre lui dit, je vous déclare exempt de la
taxe.

Un autre propofa d'établir l'impôt unique fur les chanfons & fur le rire, attendu que la nation était la plus gaie du
monde, & qu'une chanfon la confolait de
tout. Mais le Miniftre obferva que depuis
quelque temps on ne faifait plus gueres de
chanfons plaifantes, & il craignit que pour
échaper à la taxe, on ne devînt trop férieux.

Vint un fage & brave citoyen qui offrit de
donner au Roi trois fois plus, en faifant payer

C iiij

(*) Le cas à-peu-près femblable eft arrivé dans
la province que j'habite, & le Contrôleur du domaine a été forcé à faire reftitution. Mais il n'a pas
été puni.

par la nation trois fois moins. Le Miniſtre lui conſeilla d'apprendre l'arithmétique.

Un quatrième prouvait au Roi *par amitié*, qu'il ne pouvait recueillir que ſoixante & quinze millions, mais qu'il allait lui en donner deux cens vingt-cinq. Vous me ferez plaiſir, dit le Miniſtre, quand nous aurons payé les dettes de l'État.

Enfin arriva un Commis de l'Auteur nouveau, qui fait la puiſſance légiſlatrice copropriétaire de toutes nos terres par le droit divin, & qui donnait au Roi douze cens millions de rente. Je reconnus l'homme qui m'avait mis en priſon pour n'avoir pas payé mes vingt écus. Je me jetai aux pieds de M. le Contrôleur-Général, & je lui demandai juſtice; il fit un grand éclat de rire, & me dit que c'était un tour qu'il m'avait joué. Il ordonna à ces mauvais plaiſans de me donner cent écus de dédommagement, & m'exempta de taille pour le reſte de ma vie. Je lui dis, Monſeigneur, Dieu vous béniſſe.

LETTRE A L'HOMME

AUX

QUARANTE ECUS.

QUoique je fois trois fois auffi riche que
vous ; c'eft-à-dire, quoique je pofsède
trois cens foixante livres ou francs de revenu ;
je vous écris cependant comme d'égal à égal ,
fans affecter l'orgueil des grandes fortunes.

J'ai lu l'hiftoire de votre défaftre & de la
juftice que M. le Contrôleur-Général vous a
rendue , je vous en fais mon compliment ;
mais par malheur je viens de lire le Financier
citoyen , malgré la répugnance que m'avait
infpirée le titre qui paraît contradictoire à bien
des gens. Ce citoyen vous ôte vingt francs
de vos rentes & à moi foixante ; il n'accorde
que cent francs à chaque individu fur la to-
talité des habitans. Mais, en récompenfe, un
homme non moins illuftre enfle nos rentés jufqu'à cent cinquante livres ; je vois que votre
Géomètre a pris un jufte milieu. Il n'eft point
de ces magnifiques Seigneurs, qui d'un trait

de plume peuplent Paris d'un million d'habitans & vous font rouler quinze cens millions d'espèces sonnantes dans le royaume, après tout ce que nous en avons perdu dans nos guerres dernières.

Comme vous êtes grand lecteur, je vous prêterai le financier citoyen. Mais n'allez pas le croire en tout ; il cite le testament du grand ministre Colbert, & il ne sait pas que c'est une rapsodie ridicule faite par un Gatien de Courtils. Il cite la dixme du Maréchal de Vauban, & il ne sait pas qu'elle est d'un Boisguilbert. Il cite le testament du cardinal de Richelieu, & il ne sait pas qu'il est de l'abbé de Bourzeis. Il suppose que ce Cardinal assure *que quand la viande enchérit, on donne une paie plus forte au soldat.* Cependant la viande enchérit beaucoup sous son ministère, & la paie du soldat n'augmenta point ; ce qui prouve, indépendamment de cent autres preuves, que ce livre reconnu pour supposé dès qu'il parut, & ensuite attribué au Cardinal même, ne lui appartient pas plus que les testamens du Cardinal Alberoni & du Maréchal de Bellisle ne leur appartiennent.

Défiez-vous toute votre vie des testamens

& des fyftêmes. J'en ai été la victime comme
vous. Si les Solons & les Licurgues modernes
fe font moqués de vous, les nouveaux Triptolèmes fe font encore plus moqués de moi ;
& fans une petite fucceffion qui m'a ranimé,
j'étais mort de mifère.

J'ai cent vingt arpens labourables dans le
plus beau pays de la nature & le fol le plus
ingrat. Chaque arpent ne rend tous frais faits
dans mon pays qu'un écu de trois livres. Dès
que j'eus lu dans les journaux qu'un célébre agriculteur avait inventé un nouveau femoir, & qu'il labourait fa terre par planches,
enfin qu'en femant moins il recueillit davantage, j'empruntai vîte de l'argent, j'achetai un
femoir, je labourai par planches, je perdis
ma peine & mon argent, auffi-bien que l'illuftre agriculteur qui ne fème plus par planches.

Mon malheur voulut que je luffe le journal économique, qui fe vend à Paris chez
Boudot. Je tombai fur l'expérience d'un
Parifien ingénieux, qui, pour fe réjouir,
avait fait labourer fon parterre quinze fois,
& y avait femé du froment, au lieu d'y
planter des tulipes : il eut une récolte très-
abondante. J'empruntai encore de l'ar-

gent. Je n'ai qu'à donner trente labours, me difais-je, j'aurai le double de la récolte de ce digne Parifien, qui s'eft formé des principes d'agriculture à l'opéra & à la comédie, & me voilà enrichi par fes leçons & par fon exemple.

Labourer feulement quatre fois dans mon pays, eft une chofe impoffible; la rigueur & les changemens foudains des faifons ne le permettent pas; & d'ailleurs, le malheur que j'avais eu de femer par planches comme l'illuftre agriculteur dont j'ai parlé, m'avait forcé à vendre mon attelage. Je fais labourer trente fois mes cent vingt arpens par toutes les charrues qui font à quatre lieues à la ronde. Trois labours pour chaque arpent coûtent douze livres, c'eft un prix fait : il fallut donner trente façons par arpens. Le labour de chaque arpent me coûta cent vingt livres : la façon de mes cent vingt arpens me revint à 14400 liv. Ma récolte qui fe monte année commune dans mon maudit pays à trois cens feptiers, monta, il eft vrai, à trois cens trente, qui, à vingt livres le feptier, me produifirent 6600 livres : je perdis 7800 liv. il eft vrai que j'eus la paille.

J'étais ruiné, abîmé fans une vieille tante

qu'un grand médecin dépêcha dans l'autre monde, en raifonnant auffi-bien en médecine que moi en agriculture.

Qui croirait que j'eus encore la faibleffe de me laiffer féduire par le journal de Boudot? Cet homme-là, après tout, n'avait pas juré ma perte. Je lis dans fon recueil qu'il n'y a qu'à faire une avance de quatre mille francs pour avoir quatre mille livres de rentes en artichaux : certainement Boudot me rendra en artichaux, ce qu'il m'a fait perdre en blé. Voilà mes quatre mille francs dépenfés, & mes artichaux mangés par des rats de campagne. Je fus hué dans mon canton comme le diable de Papefiguière.

J'écrivis une lettre de reproche fulminante à Boudot. Pour toute réponfe le traître s'égaya dans fon journal à mes dépens. Il me nia impudemment que les Caraïbes fuffent nés rouges. Je fus obligé de lui envoyer une atteftation d'un ancien Procureur du Roi de la Guadeloupe, comme quoi Dieu a fait les Caraïbes rouges, ainfi que les Nègres noirs. Mais cette petite victoire ne m'empêcha pas de perdre jufqu'au dernier fou toute la fucceffion de ma tante, pour avoir trop cru les nouveaux fyftêmes. Mon cher Monfieur, encore une fois, gardez-vous des charlatans.

NOUVELLES DOULEURS,

OCCASIONNE'ES PAR LES

NOUVEAUX SYSTEMES.

Ce petit morceau eft tiré des manufcrits
d'un vieux folitaire.

JE vois que fi de bons citoyens fe font amufés à gouverner les Etats, & à fe mettre à la place des Rois, fi d'autres fe font crus des Triptolèmes & des Cérès, il y en a de plus fiers qui fe font mis fans façon à la place de Dieu, & qui ont créé l'univers avec leur plume, comme Dieu le créa autrefois par la parole.

Un des premiers qui fe préfenta à mes adorations, fut un defcendant de Thalès, nommé Téliamed, qui m'apprit que les montagnes & les hommes font produits par les eaux de la mer. Il y eut d'abord de beaux hommes marins, qui enfuite devinrent amphibies. Leur belle queue fourchue fe changea en cuiffes & en jambes. J'étais encore tout plein des métamorphofes d'Ovide, & d'un livre où il était démontré que la race des hommes était bâtarde d'une race de barbouins. J'aimais autant defcendre d'un poiffon que d'un finge.

Avec le temps j'eus quelques doutes fur cette généalogie, & même fur la formation des montagnes. Quoi ! me dit-il, vous ne favez pas que les courans de la mer qui jettent toujours du fable à droite & à gauche à dix ou douze pieds de hauteur tout au plus, ont produit dans une fuite infinie de fiècles, des montagnes de vingt mille pieds de haut, lefquelles ne font pas de fable ? Apprenez que la mer a néceffairement couvert tout le globe. La preuve en eft qu'on a vu des ancres de vaiffeau fur le mont St. Bernard, qui étaient là plufieurs fiècles avant que les hommes euffent des vaiffeaux.

Figurez-vous que la terre eft un *globe de yerre* qui a été longtemps tout couvert d'eau. Plus il m'endoctrinait, plus je devenais incrédule. Quoi donc, me dit-il, n'avez-vous pas vu le falun de Touraine à trente-fix lieues de la mer ? c'eſt un amas de coquilles avec leſquelles on engraiſſe la terre comme avec du fumier. Or, ſi la mer a dépoſé dans la ſucceſſion des temps une mine entière de coquilles à trente-ſix lieues de l'Océan, pourquoi n'aura-t-elle pas été juſqu'à trois mille lieues pendant pluſieurs ſiècles ſur notre globe de vetre ?

Je lui répondis, Monſieur Téliamed, il y a des gens qui font quinze lieues par jour à pied; mais ils ne peuvent en faire cinquante. Je ne crois pas que mon jardin ſoit de verre; & quand à votre falun, je doute encore qu'il ſoit un lit de coquilles de mer. Il ſe pourrait bien que ce ne fût qu'une mine de petites pierres calcaires qui prennent aiſément la forme des fragmens de coquilles, comme il y a des pierres qui ſont figurées en langues, & qui ne ſont point des langues; en étoiles, & qui ne ſont point des aſtres; en ſerpens roulés ſur eux-mêmes, & qui ne ſont point des ſerpens ; en parties naturelles du beau ſexe, & qui ne ſont point pourtant les dépouilles des Dames. On voit des dendrites, des pierres figurées, qui repréſentent des arbres & des maiſons, ſans que jamais ces petites pierres aient été des maiſons & des chênes.

Si

Si la mer avait dépofé tant de lits de coquilles en Touraine, pourquoi aurait-elle négligé la Bretagne, la Normandie, la Picardie, & toutes les autres côtes? J'ai bien peur que ce falun tant vanté ne vienne pas plus de la mer que les hommes. Et quand la mer fe ferait répandue à trente-fix lieues, ce n'eft pas à dire qu'elle ait été jufqu'à trois mille, & même jufqu'à trois cents, & que toutes les montagnes ayent été produites par les eaux. J'aimerais autant dire que le Caucafe a formé la mer, que de prétendre que la mer a fait le Caucafe.

Mais, Monfieur l'incrédule, que répondrez-vous aux huîtres pétrifiées qu'on a trouvées fur le fommet des Alpes?

Je répondrai, Monfieur le créateur, que je n'ai pas vu plus d'huîtres pétrifiées que d'ancres de vaiffeaux fur le haut du mont Cénis. Je répondrai ce qu'on a déjà dit, qu'on a trouvé des écailles d'huîtres, (qui fe pétrifient aifément) à de très-grandes diftances de la mer, comme on a déterré des médailles Romaines à cent lieues de Rome; & j'aime mieux croire que des Pélerins de St. Jacques ont laiffé quelques coquilles vers St. Maurice,

D

que d'imaginer que la mer a formé le mont St. Bernard.

Il y a des coquillages partout; mais est-il bien fûr qu'ils ne foient pas les dépouilles des teftacées & des cuftacées de nos lacs & de nos rivières, auffi-bien que des petits poiffons marins?

— Monfieur l'incrédule, je vous tournerai en ridicule dans le monde que je me propofe de créer.

— Monfieur le Créateur, à vous permis; chacun eft le maître dans fon monde; mais vous ne me ferez jamais croire que celui où nous fommes foit de verre, ni que quelques coquilles foient des démonftrations que la mer a produit les Alpes & les monts Taurus. Vous favez qu'il n'y a aucune coquille dans les montagnes d'Amérique. Il faut que ce ne foit pas vous qui ayez créé cet hémifphère, & que vous vous foyez contenté de former l'ancien monde; c'eft bien affez.

— Monfieur, Monfieur, fi on n'a pas dé-couvert de coquilles fur les montagnes d'A-mérique, *on en découvrira.*

— Monfieur, c'eft parler en créateur qui fait fon fecret & qui eft fûr de fon fait. Je vous

abandonne, fi vous voulez, votre falun, pourvu que vous me laiffiez mes montagnes. Je
fuis d'ailleurs le très-humble & très-obéiffant
ferviteur de votre providence.

Dans le temps que je m'inftruifais ainfi
avec Téliamed, un Jéfuite Irlandais déguifé
en homme, d'ailleurs grand obfervateur &
ayant de bons microfcopes, fit des anguilles
avec de la farine de blé ergoté. On ne dou-
ta pas alors qu'on ne fît des hommes avec
de la farine de bon froment. Auffi-tôt on créa
des particules organiques qui compofèrent des
hommes. Pourquoi non ? Le grand Géomètre Fatio avait bien reffufcité des morts à
Londres : on pouvait tout auffi aifément faire
à Paris des vivans avec des particules organiques : mais malheureufement les nouvelles
anguilles de Néedham ayant difparues, les
nouveaux hommes difparurent auffi, & s'enfui-
rent chez les monades qu'ils rencontrèrent
dans le plein au milieu de la matière fubti-
le, globuleufe & cannelée.

Ce n'eft pas que ces créateurs de fyftêmes
n'ayent rendu de grands fervices à la phyfique ; à Dieu ne plaife que je méprife leurs
travaux ! on les a comparés à des alchimiftes

D ij

qui en faifant de l'or (qu'on ne fait point)
ont trouvé de bons remèdes, ou du moins des
chofes très-curieufes. On peut être un homme d'un rare mérite, & fe tromper fur la
formation des animaux & fur la ftructure du
globe.

Les poiffons changés en hommes & les
eaux changées en montagnes ne m'avaient pas
fait autant de mal que Mr. Boudot; je me
bornais tranquillement à douter, lorfqu'un
Lapon me prit fous fa protection. C'était un
profond philofophe, mais qui ne pardonnait
jamais aux gens qui n'étaient pas de fon avis.
Il me fit d'abord connaître clairement l'avenir en exaltant mon ame. Je fis de fi prodi-
gieux efforts d'exaltation, que j'en tombai ma-
lade; mais il me guérit en m'enduifant de
poix réfine de la tête aux pieds. A peine fus-
je en état de marcher, qu'il me propofa un
voyage aux Terres auftrales pour y difféquer
des têtes de géant, ce qui nous ferait connaître clairement la nature de l'ame. Je ne
pouvais fupporter la mer; il eut la bonté de
me mener par terre. Il fit creufer un grand
trou dans le globe terraqué: ce trou allait
droit chez les Patagons. Nous partimes; je

me caffai une jambe à l'entrée du trou ; on eut beaucoup de peine à me redreffer la jambe : il s'y forma un calus qui m'a beaucoup foulagé.

J'ai déjà parlé de tout cela dans une de mes diatribes pour inftruire l'*Univers* très-attentif à ces grandes chofes. Je fuis bien vieux : j'aime quelquefois à répéter mes contes, afin de les inculquer mieux dans la tête des petits garçons pour lefquels je travaille depuis fi longtemps.

MARIAGE DE L'HOMME

A U X

QUARANTE ÉCUS.

L'Homme aux quarante écus s'etant beaucoup formé, & ayant fait une petite fortune, époufa une jolie fille qui poffédait cent écus de rente. Sa femme devint bientôt groffe. Il alla trouver fon géomètre, & lui demanda fi elle lui donnerait un garçon ou une fille ? le géomètre lui répondit que les fagesfemmes, les femmes de chambre le favaient pour l'ordinaire ; mais que les phyficiens qui prédifent les éclipfes, n'étaient pas fi éclairés qu'elles.

Il voulut favoir enfuite fi fon fils ou fa fille avait déjà une ame. Le géomètre dit que ce n'était pas fon affaire, & qu'il en fallait parler au théologien du coin.

L'Homme aux quarante écus, qui était déjà l'homme aux deux cents écus pour le moins, demanda en quel endroit était fon enfant? Dans une petite poche, lui dit fon ami, entre la veſſie & l'inteſtin rectum. O Dieu paternel! s'écria-t-il, l'ame immortelle de mon fils née & logée entre de l'urine & quelque chofe de pis! Oui, mon cher voifin, l'ame d'un Cardinal n'a point eu d'autre berceau ; & avec cela on fait le fier, on fe donne des airs.

Ah! Monfieur le favant, ne pourriez-vous point me dire comment les enfans fe font?

Non, mon ami ; mais fi vous voulez je vous dirai ce que les philofophes ont imaginé, c'eſt-à-dire comment les enfans ne fe font point.

Premiérement, le révérend père Sanchez dans fon excellent livre *de Matrimonio*, eſt entiérement de l'avis d'Hippocrate ; il croit comme un article de foi que les deux véhicules fluides de l'homme & de la femme s'élancent & s'uniffent enfemble , & que dans le moment l'enfant eft conçu par cette union ; & il eft fi perfuadé de ce fyftême phyfique devenu théologique , qu'il examine , chap. 21 du livre fecond. *Utrùm Virgo Maria femen emiferit in copulatione cum Spiritu Sancto.*

Eh Monfieur , je vous ai déjà dit que je n'entens pas le Latin , expliquez-moi en Français l'oracle du père Sanchez. Le géomètre lui traduifit le texte , & tous deux frémirent d'horreur.

Le nouveau marié en trouvant Sanchez prodigieufement ridicule , fut pourtant affez content d'Hippocrate ; & il fe flattait que fa femme avait rempli toutes les conditions impofées par ce médecin , pour faire un enfant.

Malheureufement , lui dit le voifin , il y a beaucoup de femmes qui ne répandent aucune liqueur , mais qui ne reçoivent qu'avec averfion les embraffemens de leurs maris ; & qui cependant en ont des enfans. Cela feul décide contre Hippocrate & Sanchez.

De plus , il y a très-grande apparence que la

nature agit toujours dans les mêmes cas par les mêmes principes ; or, il y a beaucoup d'efpèces d'animaux qui engendrent fans copulation, comme les poiffons écaillés, les huîtres, les pucerons. Il a donc fallu que les phyficiens cherchaffent une mécanique de génération qui convînt à tous les animaux. Le célèbre Harvei, qui le premier démontra la circulation, & qui était digne de découvrir le fecret de la nature, crut l'avoir trouvé dans les poules : elles pondent des œufs ; il jugea que les femmes pondaient auffi. Les mauvais plaifans dirent que c'eft pour cela que les bourgeois, même quelques gens de cour, appellent leur femme ou leur maîtreffe ma poule, & qu'on dit que toutes les femmes font coquettes parce qu'elles voudraient que les coqs les trouvaffent belles. Malgré ces railleries, Harvei ne changea point d'avis, & il fut établi dans toute l'Europe que nous venons d'un œuf.

L'Homme aux quarante écus.

Mais, Monfieur, vous m'avez dit que la nature eft toujours femblable à elle-même, qu'elle agit toujours par les mêmes principes dans les mêmes cas : les femmes, les jumens,

les ânesses, les anguilles ne pondent point.
Vous vous moquez de moi.

Le Géomètre.

Elles ne pondent point en dehors, mais elles pondent en dedans ; elles ont des ovaires comme tous les oiseaux ; les jumens, les anguilles en ont aussi. Un œuf se détache de l'ovaire, il est couvé dans la matrice. Voyez tous les poissons écaillés, les grenouilles, ils jettent des œufs que le mâle féconde. Les baleines & les autres animaux marins de cette espèce font éclore leurs œufs dans leur matrice. Les mites, les teignes, les plus vils insectes font visiblement formés d'un œuf. Tout vient d'un œuf : & notre globe est un grand œuf qui contient tous les autres.

L'Homme aux quarante écus.

Mais vraiment ce système porte tous les caractères de la vérité ; il est simple, il est uniforme, il est démontré aux yeux dans plus de la moitié des animaux ; j'en suis fort content, je n'en veux point d'autre ; les œufs de ma femme me font fort chers.

Le Géomètre.

On s'est lassé à la longue de ce système ; on a fait les enfans d'une autre façon.

L'Homme aux quarante écus.

Et pourquoi, puifque celle - là eft fi naturelle ?

Le Géomètre.

C'eft qu'on a prétendu que nos femmes n'ont point d'ovaire, mais feulement de petites glandes.

L'Homme aux quarante écus.

Je foupçonne que des gens qui avaient un autre fyftême à débiter, ont voulu décréditer les œufs.

Le Géomètre.

Cela pourrait bien être. Deux Hollandais s'avisèrent d'examiner la liqueur féminale au microfcope, celle de l'homme, celle de plufieurs animaux ; & ils crurent y appercevoir des animaux déjà tout formés, qui couraient avec une vîteffe inconcevable. Ils en virent même dans le fluide féminal du coq. Alors on jugea que les mâles faifaient tout, & les femelles rien ; elles ne fervirent plus qu'à porter le tréfor que le mâle leur avait confié.

L'Homme aux quarante écus.

Voilà qui eft bien étrange. J'ai quelques doutes fur tous ces petits animaux qui frétillent fi prodigieufement dans une liqueur pour

être enfuite immobiles dans les œufs des oi-
feaux, & pour être non moins immobiles
neuf mois (à quelques culbutes près) dans
le ventre de la femme ; cela ne me paraît pas
conféquent. Ce n'eft pas (autant que j'en
puis juger) la marche de la nature. Comment
font faits, s'il vous plaît, ces petits hommes
qui font fi bons nageurs dans la liqueur dont
vous me parlez ?

Le Géomètre.

Comme des vermiffeaux. Il y avait furtout
un médecin, nommé Andri, qui voyait des
vers partout, & qui voulait abfolument détruire le fyftême d'Harvei. Il aurait, s'il l'avait
pu, anéanti la circulation du fang, parce qu'un
autre l'avait découverte. Enfin, deux Hollandais & Mr. Andri, à force de tomber dans le
péché d'Onan, & de voir les chofes au microfcope, réduifirent l'homme à être chenille.
Nous fommes d'abord un ver comme elle ; de-
là dans notre enveloppe nous devenons comme elle pendant neuf mois une vraie chryfalide,
que les payfans appellent féve. Enfuite, fi la
chenille devient papillon, nous devenons hommes : voilà nos métamorphofes.

L'Homme aux quarante écus.

Eh bien ! s'en eft-on tenu là ? n'y a-t-il point eu depuis de nouvelle mode ?

Le Géomètre.

On s'eft dégoûté d'être chenille. Un philofophe extrêmement plaifant a découvert dans une Vénus phyfique que l'attraction faifait les enfans , & voici comment la chofe s'opère. Le germe étant tombé dans la matrice, l'œil droit attire l'œil gauche, qui arrive pour s'unir à lui en qualité d'œil ; mais il en eft empêché par le nez qu'il rencontre en chemin, & qui l'oblige de fe placer à gauche. Il en eft de même des bras , des cuiffes & des jambes qui tiennent aux cuiffes. Il eft difficile d'expliquer dans cette hypothèfe la fituation des mamelles & des feffes. Ce grand philofophe n'admet aucun deffein de l'Etre créateur dans la formation des animaux. Il eft bien loin de croire que le cœur foit fait pour recevoir le fang & pour le chaffer de l'eftomac , pour digérer ; les yeux pour voir, les oreilles pour entendre , cela lui paraît trop vulgaire ; tout fe fait par attraction.

L'Homme aux quarante écus.

Voilà un maître-fou. Je me flatte que per-

fonne n'a pu adopter une idée auffi extrava-
gante.

Le Géomètre.

On en rit beaucoup ; mais ce qu'il y eut
de trifte , c'eft que cet infenfé reffemblait aux
théologiens, qui perfécutent autant qu'ils le
peuvent ceux qu'ils font rire.

D'autres philofophes ont imaginé d'autres
manières qui n'ont pas fait une plus grande
fortune; ce n'eft plus le bras qui va chercher
le bras; ce n'eft pas la cuiffe qui court après
la cuiffe ; ce font de petites molécules, de petites particules de bras & de cuiffe, qui fe pla-
cent les unes fur les autres. On fera peut-être
enfin obligé d'en revenir aux œufs, après avoir
perdu bien du temps.

L'Homme aux quarante écus.

J'en fuis ravi : mais quel a été le réfultat de
toutes ces difputes.

Le Géomètre.

Le doute. Si la queftion avait été débattue
entre des théologaux, il y aurait eu des ex-
communications & du fang répandu ; mais
entre de phyficiens la paix eft bientôt faite,
chacun a couché avec fa femme, fans penfer
le moins du monde à fon ovaire, ni à fes

trompes de fallope. Les femmes font devenues groffes ou enceintes, fans demander feulement comment ce myftère s'opère. C'eft ainfi que vous femez du blé, & que vous ignorez comment le blé germe en terre.

L'Homme aux quarante écus.

Oh! je le fais bien; on me l'a dit il y a long-temps; c'eft par pourriture. Cependant, il me prend quelquefois des envies de rire de tout ce qu'on m'a dit.

Le Géomètre.

C'eft une fort bonne envie. Je vous confeille de douter de tout, excepté que les trois angles d'un triangle font égaux à deux droits, & que les triangles qui ont même bafe & même hauteur, font égaux entre eux; ou autres propofitions pareilles, comme, par exemple, que deux & deux font quatre.

L'Homme aux quarante écus.

Oui, je crois qu'il eft fort fage de douter; mais je fens que je fuis curieux depuis que j'ai fait fortune, & que j'ai du loifir. Je voudrais, quand ma volonté remue mon bras ou ma jambe, découvrir le reffort par lequel ma volonté les remue; car furement il y en a un. Je fuis quelquefois tout étonné de pouvoir lever & abaiffer mes yeux, & de ne pouvoir dreffer mes oreilles. Je penfe, & je voudrais connaître un peu…là.. toucher au doigt ma penfée. Cela doit être fort curieux. Je cherche fi je penfe par moi-même; fi Dieu me donne mes idées; fi mon ame eft venue dans mon corps à fix femaines ou à un jour, comment elle s'eft logée dans mon cerveau; fi je penfe beaucoup quand je dors profondément, & quand je fuis en léthargie. Je me creufe la cervelle pour favoir comment un corps en pouffe un autre. Mes fenfations ne m'étonnent pas moins; j'y trouve du divin, & furtout dans le plaifir. J'ai fait quelquefois mes efforts pour imaginer un nouveau fens, & je n'ai jamais pu y parvenir. Les géomètres favent toutes ces chofes; ayez la bonté de m'inftruire.

Le Géomètre.

Hélas! Nous fommes auffi ignorans que vous; adreffez-vous à la Sorbonne.

L'HOM-

L'HOMME

AUX

QUARANTE ECUS

DEVENU PERE,

RAISONNE SUR LES MOINES.

QUand l'homme aux quarante écus se
vit père d'un garçon, il commença à
se croire un homme de quelque poids dans
l'état; il espéra donner au moins dix sujets au
Roi, qui seraient tous utiles. C'était l'homme du monde qui faisait le mieux des paniers;
& sa femme était une excellente couturière.
Elle était née dans le voisinage d'une grosse
Abbaye de cent mille livres de rente. Son mari me demanda un jour pourquoi ces Messieurs, qui étaient en petit nombre, avaient en-
glouti tant de parts de quarante écus? Sont-
ils plus utiles que moi à la patrie? --- Non,
mon cher voisin. — Servent-ils comme moi
à la population du pays? --- Non, au moins
en apparence. --- Cultivent - ils la terre? dé-
fen-

fendent-ils l'Etat quand il eſt attaqué ?-- Non, ils prirnt Dieu pour vous. -- Eh bien, je prierai Dieu pour eux, & partageons.

Combien croyez-vous que les Couvens renferment de ces gens utiles, ſoit en hommes, ſoit en filles dans le Royaume ?

❀✖❀

Par les Mémoires des Intendans faits ſur la fin du dernier ſiècle, il y en avait environ quatre vingt dix mille.

❀✖❀

Par notre ancien compte, ils ne devraient à quarante écus par tête, poſſéder que dix millions huit cens mille livres : combien en ont-ils ?

❀✖❀

Cela va à cinquante millions en comptant les Meſſes & les quêtes des Moines mendians qui mettent réellement un impôt conſidérable ſur le Peuple. Un Frère quêteur d'un Couvent de Paris s'eſt vanté publiquement que ſa beface valait quatre vingt mille livres de rente.

Voyons combien cinquante millions répartis entre quatre vingt dix mille têtes tondues, donnent à chacune ? -- cinq cens cinquante-cinq livres.

E

❀✖❀

C'eſt une ſomme conſidérable dans une ſo-
ciété nombreuſe, où les dépenſes diminuent
par la quantité même des conſommateurs; car
il en coûte bien moins à dix perſonnes pour
vivre enſemble, que ſi chacun avait ſéparément
ſon logis & ſa table.

Les Ex-Jéſuites, à qui on donne aujourd'hui
quatre cens livres de penſion, ont donc réellement perdu à ce marché?

❀✖❀

Je ne le crois pas; car ils ſont preſque tous
retirés chez des parens qui les aident; pluſieurs diſent la Meſſe pour de l'argent, ce
qu'ils ne faiſaient pas auparavant; d'autres ſe
ſont faits Précepteurs; d'autres ont été ſoute-
nus par des dévotes; chacun s'eſt tiré d'affaire:
& peut-être y en a-t-il peu aujourd'hui, qui,
ayant goûté du monde & de la liberté, vou-
luſſent reprendre leurs anciennes chaînes. La
vie monacale, quoi qu'on en diſe, n'eſt point
du tout à envier. C'eſt une maxime aſſez
connue, que les Moines ſont des gens qui
s'aſſemblent ſans ſe connaître, vivent ſans
s'aimer, & meurent ſans ſe regretter.

❋

Vous penſez donc qu'on leur rendrait un très-grand ſervice de les défroquer tous ?

❋

Ils y gagneraient beaucoup ſans doute, & l'Etat encore davantage ; on rendrait à la patrie des citoyens & des citoyennes qui ont ſacrifié témérairement leur liberté dans un âge où les lois ne permettent pas qu'on diſpoſe d'un fonds de dix ſous de rente. On tirerait ces cadavres de leurs tombeaux ; ce ſerait une vraie réſurrection. Leurs maiſons deviendraient des Hôtels de Villes, des Hôpitaux, des Ecoles publiques, ou ſeraient affectées à des manufactures. La population deviendrait plus grande ; tous les arts ſeraient mieux cultivés. On pourrait du moins diminuer le nombre de ces victimes volontaires, en fixant le nombre des novices. La patrie aurait plus d'hommes utiles & moins de malheureux. C'eſt le ſentiment de tous les Magiſtrats ; c'eſt le vœu unanime du public, depuis que les eſprits ſont éclairés. L'exemple de l'Angleterre & de tant d'autres Etats, eſt une preuve évidente de la néceſſité de cette réforme. Que ferait aujourd'hui l'Angleterre, ſi au lieu de quarante mille

E ij

hommes de mer , elle avait quarante mille Moines ? Plus les Arts se sont multipliés , plus le
nombre des sujets laborieux est devenu né-
cessaire. Il y a certainement dans les Cloîtres
beaucoup de talens ensevelis , qui sont perdus
pour l'Etat. Il faut , pour faire fleurir un Royaume , le moins de Prêtres possible , & le plus
d'artisans possible. L'ignorance & la barbarie
de nos pères , loin d'être une règle pour nous,
n'est qu'un avertissement de faire ce qu'ils
feraient , s'ils étaient en notre place avec nos
lumières.

❀✳❀

Ce n'est donc point par haine contre les
Moines que vous voulez les abolir , c'est par
pitié pour eux , c'est par amour pour la patrie ? Je pense comme vous. Je ne voudrais
point que mon fils fût Moine. Et si je croyais
que je dusse avoir des enfans pour le Cloître,
je ne coucherais plus avec ma femme.

❀✳❀

Quel est en effet le bon père de famille
qui ne gémisse de voir son fils & sa fille perdus pour la société ! cela s'appelle se sauver ;
mais un soldat qui se sauve quand il faut
combattre , est puni. Nous sommes tous les

foldats de l'Etat ; nous fommes à la folde de la fociété , nous devenons des déferteurs quand nous la quittons. Que dis-je ? les Moines font des parricides qui étouffent une poftérité toute entière. Quatre vingt dix mille Cloî-trés qui braillent ou qui nafillent du latin , pourraient donner à l'Etat chacun deux fujets : cela fait cent foixante mille hommes qu'ils font périr dans leur germe. Au bout de cent ans la perte eft immenfe ; cela eft démontré.

Pourquoi donc le monachifme a-t-il pré-valu ? Parce que le gouvernement fut pref-que par-tout déteftable & abfurde depuis Conftantin ; parce que l'Empire Romain eut plus de Moines que de Soldats ; parce qu'il y en avait cent mille dans la feule Egypte ; parce qu'ils étaient exempts de travail & de taxe ; parce que les Chefs des Nations barba-res qui détruifirent l'Empire , s'étant fait Chré-tiens pour gouverner des Chrétiens, exercè-rent la plus horrible tyrannie ; parce qu'on fe jetait en foule dans les Cloîtres pour échap-per aux fureurs de ces Tyrans , & qu'on fe plongeait dans un efclavage pour en éviter un autre ; parce que les Papes, en inftituant tant d'ordres différens de fainéans facrés, fe

E iij

firent autant de fujets dans les autres Etats,
parce qu'un payfan aime mieux être appelé
mon Révérend Père, & donner des béné-
dictions, que de conduire la charrue ; parce
qu'il ne fait pas que la charrue eft plus noble
que le froc ; parce qu'il aime mieux vivre
aux dépens des fots, que par un travail honnête : enfin, parce qu'il ne fait pas qu'en fe
faifant Moine, il fe prépare des jours malheureux, tiffus d'ennui & de repentir.

❀✖❀

Allons, Monfieur, plus de Moines pour
leur bonheur & pour le nôtre. Mais je fuis
fâché d'entendre dire au Seigneur de mon
village, père de quatre garçons & de trois
filles, qu'il ne faura où les placer, s'il ne fait
pas fes filles Religieufes.

❀✖❀

Cette allégation trop fouvent répétée eft inhu-
maine, antipatriotique, deftructive de la fociété.

Toutes les fois qu'on peut dire d'un état
de vie quel qu'il puiffe être, fi tout le monde
embraffait cet état, le genre humain ferait
perdu : il eft démontré que cet état ne vaut
rien, & que celui qui le prend, nuit au genre
humain autant qu'il eft en lui.

Or, il est clair que si tous les garçons &
toutes les filles s'encloîtraient, le monde péri-
rait; donc la moinerie est par cela seul l'en-
nemie de la nature humaine, indépendamment
des maux affreux qu'elle a causés quelquefois.

❀✳❀

Ne pourroit-on pas en dire autant des soldats ?

Non assurément : car si chaque citoyen
porte les armes à son tour, comme autrefois
dans toutes les Républiques , & sur-tout
dans celle de Rome ; le soldat n'en est que
meilleur cultivateur ; le soldat citoyen se ma-
rie , il combat pour sa femme & pour ses
enfans. Plût à Dieu que tous les laboureurs
fussent soldats & mariés! ils feraient d'excel-
lens citoyens. Mais un Moine, en tant que
Moine , n'est bon qu'à dévorer la substance de
ses compatriotes. Il n'y a point de vérité plus
reconnue.

❀✳❀

Mais les filles , Monsieur , les filles des pauvres gentilshommes qu'on ne peut marier, que
feront-elles ?

Elles feront, on l'a dit mille fois, comme

E iiij

les filles d'Angleterre, d'Ecoſſe, d'Irlande,
de Suiſſe, de Hollande, de la moitié de l'Allemagne, de Suede, de Norvege, du Dan-
nemarck, de Tartarie, de Turquie, d'Afrique, & de preſque tout le reſte de la terre.
Elles ſeront bien meilleures épouſes, bien meilleures mères, quand on ſe ſera accoutumé ainſi
qu'en Allemagne, à prendre des femmes ſans
dot. Une femme ménagère & laborieuſe fera
plus de bien dans une maiſon, que la fille d'un
Financier qui dépenſe plus en ſuperfluités qu'elle
n'a porté de revenus chez ſon mari.

Il faut qu'il y ait des maiſons de retraites pour
la vieilleſſe, pour l'infirmité, pour la difformité.
Mais par le plus déteſtable des abus, les fonda-
tions ne ſont que pour la jeuneſſe & pour les perſonnes bien conformées. On commence dans
le Cloître par faire étaler aux Novices des deux
ſexes leur nudité ; malgré toutes les lois de
la pudeur, on les examine attentivement devant & derrière. Qu'une vieille boſſue aille ſe
préſenter pour entrer dans un Cloître, on la
chaſſera avec mépris, à moins qu'elle ne donne
une dot immenſe. Que dis-je ? toute Religieuſe
doit être dotée, ſans quoi elle eſt le rebut du
Couvent. Il n'y eut jamais d'abus plus intolé-
rable.

❁✖❁

Allez, allez, Monfieur, je vous jure que mes filles ne feront jamais Religieufes. Elles apprendront à filer, à coudre, à faire de la dentelle, à broder, à fe rendre utiles. Je regarde les vœux comme un attentat contre la patrie & contre foi-même.

Expliquez-moi, je vous prie, comment il fe peut faire qu'un de mes amis, pour contre-dire le genre humain, prétende que les Moines font très-utiles à la population d'un Etat ; parce que leurs bâtimens font mieux entrete-nus que ceux des Seigneurs, & leurs terres mieux cultivées ?

❁✖❁

Eh ! quel eft donc votre ami qui avance une propofition fi étrange ?

❁✖❁

C'eft l'ami des hommes, ou plutôt celui des Moines.

❁✖❁

Il a voulu rire ; il fait trop bien que dix familles qui ont chacune cinq mille livres de rentes en terre, font cent fois, mille fois plus utiles qu'un Couvent qui jouit d'un re-venu de cinquante mille livres, & qui a tou-

jours un tréfor fecret. Il vante les belles maifons bâties par les Moines , & c'eft précifé-
ment ce qui irrite les citoyens; c'eft le fujet
des plaintes de l'Europe. Le vœu de pauvreté condamne le palais, comme le vœu
d'humilité contredit l'orgueil; & comme le
vœu d'anéantir fa race contredit la nature.

⊕✠⊕

Je commence à croire qu'il faut beaucoup
fe défier des livres.

⊕✠⊕

Il faut en ufer avec eux comme avec les
hommes , choifir les plus raifonnables , les
examiner, & ne fe rendre jamais qu'à l'évi-
dence.

DES IMPOTS

PAYE'S A L'ETRANGER.

IL y a un mois que l'homme aux quarante
écus vint me trouver en fe tenant les cô-
tés de rire, & il riait de fi grand cœur, que
je me mis à rire auffi fans favoir de quoi il
était queftion, tant l'homme eft né imita-

teur, tant l'inftinct nous maîtrife, tant les grands mouvemens de l'ame font contagieux. *Ut ridentibus arrident, ita flentibus adflent (*). Humani vultus.*

Quand il eut bien ri, il me dit qu'il venait de rencontrer un homme qui fe difait Protonotaire du S. Siège, & que cet homme envoyait une groffe fomme d'argent à trois cens lieues d'ici à un Italien, au nom d'un Français à qui le Roi avait donné un petit fief, & que ce Français ne pourrait jamais jouir des bienfaits du Roi, s'il ne donnait à cet Italien la première année de fon revenu.

La chofe eft très-vraie, lui dis-je, mais elle n'eft pas fi plaifante. Il en coûte à la France environ quatre cens mille livres par an, en menus droits de cette efpèce; & depuis environ deux fiècles & demi que cet ufage dure, nous avons déjà porté en Italie quatre vingt millions.

Dieu Paternel! s'écria-t-il, que de fois quarante écus! cet Italien-là nous fubjugua donc il y a deux fiècles & demi? il nous impofa

_____

(*) Le Jéfuite Sanadon a mis *adfunt* pour *adflent*. Un amateur d'Horace prétend que c'eft pour cela qu'on a chaffé les Jéfuites.

ce tribut ! Vraiment, répondis-je, il nous en
impofait autrefois d'une façon bien plus oné-
reufe. Ce n'eft là qu'une bagatelle en compa-
raifon de ce qu'il leva longtemps fur notre
pauvre nation, & fur les autres pauvres nations de l'Europe. Alors je lui racontai comment ces faintes ufurpations s'étaient établies ;
il fait un peu d'Hiftoire, il a du bon fens, il
comprit aifément que nous avions été des efclaves auxquels il reftait encore un petit bout
de chaîne. Il parla longtemps avec énergie
contre cet abus, mais avec quel refpect pour
la Religion en général ! comme il révérait les
Evêques ! comme il leur fouhaitait beaucoup
de quarante écus, afin qu'ils les dépenfaffent
dans leurs Diocèfes en bonnes œuvres !

Il voulait auffi que tous les Curés de campagne euffent un nombre de quarante écus
fuffifant pour les faire vivre avec décence. Il
eft trifte, difait-il, qu'un Curé foit obligé de
difputer trois gerbes de blé à fon ouaille, &
qu'il ne foit pas largement payé par la Province. Il eft honteux que ces Meffieurs foient
toujours en procès avec leurs Seigneurs. Ces
conteftations éternelles pour des droits imagi-
naires, pour des dixmes, détruifent la confi-

dération qu'on leur doit. Le malheureux cultivateur qui a déjà payé aux prépofés fon dixième & les deux fous pour livre , & la taille , & la capitation, le rachat du logement
des gens de guerre après qu'il a logé des gens
de guerre , &c. &c. &c. cet infortuné , dis-
je , qui fe voit encore enlever le dixième de fa
récolte par fon Curé , ne le regarde plus comme fon Pafteur , mais comme fon écorcheur
qui lui arrache le peu de peau qui lui refte.
Il fent bien qu'en lui enlevant la dixième gerbe de droit divin , on a la cruauté diabolique
de ne pas lui tenir compte de ce qu'il lui en
a coûté pour faire croître cette gerbe. Que lui
refte-t-il pour lui & pour fa famille ? les
pleurs , la difette , le découragement , le dé-
fefpoir , & il meurt de fatigue & de mifère.
   Si le Curé était payé par la Province , il ferait
la confolation de fes paroiffiens , au lieu d'être
regardé par eux comme leur ennemi.
   Ce digne homme s'attendriffait en pronon-
çant ces paroles; il aimait fa patrie & était
idolâtre du bien public. Il s'écriait quelquefois , quelle Nation que la Françaife, fi on
voulait !
   Nous allâmes voir fon fils à qui fa mère

bien propre & bien lavée préfentait un gros teton blanc. L'enfant était fort joli. Hélas! dit le père, te voilà donc, & tu n'as que vingt-trois ans de vie, & quarante écus à prétendre.

DES PROPORTIONS.

LE produit des extrêmes eft égal au produit des moyens : mais deux facs de blé volés ne font pas à ceux qui les ont pris, comme la perte de leur vie l'eft à l'intérêt de la perfonne volée.

Le Prieur de *** à qui deux de fes domeftiques de campagne avaient dérobé deux fepriers de blé, vient de faire pendre les deux délinquans. Cette exécution lui a plus coûté que toute fa récolte ne lui a valu, & depuis ce temps il ne trouve plus de valets.

Si les lois avaient ordonné que ceux qui voleraient le blé de leur maître laboureraient fon champ toute leur vie, les fers aux pieds & une fonnette au cou attaché à un carcan, ce Prieur aurait beaucoup gagné.

Il faut effrayer le crime : oui, fans doute : mais le travail forcé & la honte durable l'intimident plus que la potence.

Il y a quelques mois qu'à Londres un malfaiteur fut condamné à être tranfporté en Amérique pour y travailler aux fucreries avec les Nègres. Tous les criminels en Angleterre, comme en bien d'autres pays, font reçus à préfenter Requête au Roi, foit pour obtenir grace entière, foit pour diminution de peine. Celui-ci préfenta Requête pour être pendu. Il alléguait qu'il haïffait mortellement le travail, & qu'il aimoit mieux être étranglé une minute que de faire du fucre toute fa vie.

D'autres peuvent penfer autrement, chacun à fon goût ; mais on a déjà dit, & il faut répéter, qu'un pendu n'eft bon à rien, & que les fupplices doivent être utiles.

Il y a quelques années que l'on condamna dans la Tartarie deux jeunes gens à être empalés, pour avoir regardé (leur bonnet fur la tête) paffer une proceffion de Lamas. L'Empereur de la Chine, qui eft un homme de beaucoup d'efprit, dit qu'il les aurait condamnés à marcher nue tête à la proceffion pendant trois mois.

Proportionnez les peines aux délits, a dit le Marquis Beccaria ; ceux qui ont fait les Lois n'étaient pas géomètres.

Si l'Abbé Guyon, ou Cogé, ou l'Ex-Jéfuite Nonotte, ou l'Ex-Jéfuite Patouillet, ou le Prédicant la Beaumelle, font de miférables Libelles, où il n'y a ni vérité, ni raifon, ni efprit ; irez-vous les faire pendre comme le Prieur de D.... a fait pendre fes deux domeftiques ? & cela fous prétexte que les calomniateurs font plus coupables que les voleurs.

Condamnerez-vous Fréron même aux galères pour avoir infulté le bon goût, & pour avoir menti toute fa vie dans l'efpérance de payer fon Cabaretier ?

Ferez-vous mettre au pilori le Sr. Larcher, parce qu'il a été très-pefant, parce qu'il a entaffé erreur fur erreur, parce qu'il n'a jamais fu diftinguer aucun degré de probabilité ; parce qu'il veut que dans une antique & immenfe Cité, renommée par fa police & par la jaloufie des maris, dans Babylone enfin, où les femmes étaient gardées par des Eunuques, toutes les Princeffes allaffent par dévotion donner publiquement leurs faveurs dans la Cathédrale aux étrangers pour de l'argent ?

con-

contentons-nous de l'envoyer fur les lieux
courir les bonnes fortunes ; foyons modé-
rés en tout ; mettons de la proportion entre
les délits & les peines.

Pardonnons à ce pauvre Jean-Jacques lorfqu'il n'écrit que pour fe contredire , lorfqu'a-
près avoir donné une comédie fifflée fur le
théâtre de Paris , & qu'il injurie ceux qui en
font jouer à cent lieues de là; lorfqu'il cherche des protecteurs & qu'il les outrage ; lorfqu'il déclame contre les romans & qu'il fait
des romans dont le héros eft un fot précep-
teur qui reçoit l'aumône d'une Suiffeffe à laquelle il a fait un enfant , & qui va dépenfer
fon argent dans un bordel de Paris : laiffons-
le croire qu'il a furpaffé Fénélon & Xéno-
phon en élevant un jeune homme de qualité
dans le métier de menuifier. Ces extravagan-
tes platitudes ne méritent pas un décret de
prife de corps , les petites maifons fuffifent
avec de bons bouillons , de la faignée & du
régime.

Je hais les lois de Dracon, qui puniffaient
également les crimes & les fautes , la méchan-
ceté & la folie. Ne traitons point le Jéfuite
Nonotte, qui n'eft coupable que d'avoir écrit

F

des bêtifes & des injures , comme on a traité les Jéfuites Malagrida , Oldecorn , Garnet , Guignar , Guerret , & comme on devait traiter le Jéfuite le Tellier , qui trompa fon Roi & qui troubla la France. Diftinguons principalement dans tout procès , dans toute contention , dans toute querelle , l'agreffeur de l'outragé , l'oppreffeur de l'opprimé. La guerre offenfive eft d'un tyran : celui qui fe défend eft un homme jufte.

Comme j'étais plongé dans ces réflexions, l'homme aux quarante écus me vint voir tout en larmes. Je lui demandai avec émotion fi fon fils qui devait vivre vingt-trois ans , était mort ? Non , dit-il, le petit fe porte bien & ma femme auffi ; mais j'ai été appelé en té- moignage contre un meunier à qui on a fait fubir la queftion ordinaire & extraordinaire , & qui s'eft trouvé innocent; je l'ai vu s'évanouir dans les tortures redoublées ; j'ai entendu cra- quer fes os , j'entens encore fes cris & fes hur- lemens : ils me pourfuivent , je pleure de pitié & je tremble d'horreur; je me mis à pleurer & à frémir auffi , car je fuis extrêmement fenfible.

Ma mémoire alors me repréfenta l'aventure épouvantable des Calas, une mère vertueufe dans les fers, fes filles éplorées & fugitives, fa maifon au pillage, un père de famille refpectable brifé par la tourture, agonifant fur la roue, & expirant dans les flammes ; un fils chargé de chaînes, traîné devant les Juges, dont un lui dit, *Nous venons de rouer votre père, nous allons vous rouer auffi.*

Je me fouviens de la famille des Sirven qu'un de mes amis rencontra dans des montagnes couvertes de glaces, lorfqu'elle fuyait la perfécution d'un Juge auffi inique qu'ignorant. Ce Juge, me dit-il, a condamné toute cette famille innocente au fupplice, en fuppofant, fans la moindre apparence de preuve, que le père & la mère, aidés de deux de leurs filles, avaient égorgé & noyé la troifième de peur qu'elle n'allât à la Meffe. Je voyais à la fois dans des jugemens de cette efpèce, l'excès de la bêtife, de l'injuftice & de la barbarie.

Nous plaignions la nature humaine, l'homme aux quarante écus & moi. J'avais dans ma poche le difcours d'un Avocat général de Dauphiné, qui roulait en partie fur ces matières intéreffantes. Je lui en lus les endroits fuivans.

" Certes, ce furent des hommes véritable-

„ ment grands qui osèrent les premiers se char-
„ ger de gouverner leurs semblables & s'im-
„ poser le fardeau de la félicité publique ; qui ,
„ pour le bien qu'ils voulaient faire aux hom-
„ mes, s'exposèrent à leur ingratitude , & pour
„ le repos d'un peuple renoncèrent au leur ;
„ qui se mirent, pour ainsi dire, entre les
„ hommes & la Providence , pour leur com-
„ poser , par artifice , un bonheur qu'elle sem-
„ blait leur avoir refusé.

. . . .

„ Quel Magistrat un peu sensible à ses de-
„ voirs, à la seule humanité, pourrait soutenir
„ ces idées ? Dans la solitude d'un cabinet
„ pourra-t-il , sans frémir d'horreur & de pitié,
„ jeter les yeux sur ces papiers , monumens
„ infortunés du crime ou de l'innocence ? Ne
„ lui semble-t-il pas entendre des voix gémis-
„ santes sortir de ces fatales écritures, & le
„ presser de décider du sort d'un citoyen , d'un
„ époux, d'un père , d'une famille ? Quel Juge
„ impitoyable (s'il est chargé d'un seul procès
„ criminel) pourra passer de sang froid devant
„ une prison ? C'est donc moi , dira-t-il , qui
„ retiens dans ce détestable séjour mon sem-
„ blable , peut-être mon égal , mon conci-

,, toyen, un homme enfin : c'eſt moi qui le
,, lie tous les jours, qui ferme ſur lui ces
,, odieuſes portes : peut-être le déſeſpoir s'eſt
,, emparé de ſon ame ; il pouſſe vers le ciel
,, mon nom avec des malédictions ; & ſans
,, doute il atteſte contre moi le grand Juge
,, qui nous obſerve & doit nous juger tous
,, les deux.

. . . .

,, Ici un ſpectacle effrayant ſe préſenre tout
,, à coup à mes yeux : le Juge ſe laſſe d'inter-
,, roger par la parole, il veut interroger par
,, les ſupplices : impatient dans ſes recherches,
,, & peut-être irrité de leur inutilité, on ap-
,, porte des torches, des chaînes, des leviers &
,, tous ces inſtrumens inventés pour la dou-
,, leur. Un bourreau vient ſe mêler aux fonc-
,, tions de la Magiſtrature, & termine par la
,, violence un interrogatoire commencé par la
,, liberté.

,, Douce philoſophie ! toi qui ne cherches
,, la vérité qu'avec l'attention & la patience,
,, t'attendais-tu que dans ton ſiècle on em-
,, ployât de tels inſtrumens pour la découvrir ?
,, Eſt-il bien vrai que nos lois approuvent
,, cette méthode inconcevable, & que l'uſage
,, la conſacre ?   F iij

„ . . . Leurs lois imitent leurs préjugés,
„ les punitions publiques font auffi cruelles
„ que les vengeances particulières , & les actes
„ de leur raifon ne font guère moins impitoya-
„ bles que ceux de leurs paffions. Quelle eft
„ donc la caufe de cette bizarre oppofition ?
„ c'eft que nos préjugés font anciens , & que
„ notre morale eft nouvelle ; c'eft que nous
„ fommes auffi pénétrés de nos fentimens
„ qu'inattentifs à nos idées ; c'eft que l'avidité
„ des plaifirs nous empêche de réfléchir fur
„ nos befoins , & que nous fommes plus em-
„ preffés de vivre que de nous diriger. C'eft
„ en un mot que nos mœurs font douces , &
„ qu'elles ne font pas bonnes ; c'eft que nous
„ fommes polis , & nous ne fommes feule-
„ ment pas humains. „

Ces fragmens que l'éloquence avait dictés
à l'humanité remplirent le cœur de mon ami
d'une douce confolation. Il admirait avec tendreffe. Quoi! difait-il dans fon tranfport , on
fait de ces chefs-d'œuvres en Province ! on
m'avait dit qu'il n'y a que Paris dans le
monde.

Il n'y a que Paris, lui dis-je, où l'on faſſe des opéras comiques; mais il y a aujourd'hui dans les Provinces beaucoup de Magiſtrats qui penſent avec la même vertu & qui s'expriment avec la même force. Autrefois les oracles de la Juſtice, ainſi que ceux de la Morale, n'étaient que ridicules. Le Docteur Balouard déclamait au barreau, & Arlequin dans la chaire. La Philoſophie eſt enfin venue; elle a dit : Ne parlez en public que pour dire des vérités neuves & utiles, avec l'éloquence du ſentiment & de la raiſon.

Mais ſi nous n'avons rien de neuf à dire ! ſe ſont écriés les parleurs : taiſez-vous alors, a répondu la Philoſophie : tous ces vains diſcours d'appareil qui ne contiennent que des phraſes, ſont comme le feu de la St. Jean, allumé le jour de l'année où l'on a le moins beſoin de ſe chauffer; il ne cauſe aucun plaiſir, & il n'en reſte pas même la cendre.

Que toute la France liſe de bons livres. Mais malgré les progrès de l'eſprit humain on lit très-peu ; & parmi ceux qui veulent quelquefois s'inſtruire, la plûpart liſent très-mal. Mes voiſins & mes voiſines jouent après dîner un jeu Anglais que j'ai beaucoup

de peine à prononcer, car on l'appelle Wisk.
Plusieurs bons bourgeois, plusieurs grosses
têtes, qui se croient de bonnes têtes, vous
disent avec un air d'importance, que les livres ne font bons à rien. Mais, Messieurs les
Welches, savez-vous que vous n'êtes gou-
vernés que par des livres? savez-vous que
l'Ordonnance civile, le Code militaire &
l'Evangile font des livres dont vous dépendez
continuellement? Lisez, éclairez-vous, ce
n'est que par la lecture qu'on fortifie son ame,
la conversation la dissipe, le jeu la resserre.
J'ai bien peu d'argent, me répondit l'homme aux quarante écus; mais si jamais je fais
une petite fortune, j'acheterai des livres chez
Marc-Michel Rey.

DE LA VÉROLE.

L'Homme aux quarante écus demeurait dans
un petit canton où l'on n'avait jamais mis
des soldats en garnison depuis cent cinquante
années. Les mœurs dans ce coin de terre inconnu étaient pures comme l'air qui l'envi-
ronne. On ne savait pas qu'ailleurs l'amour

pût être infecté d'un poifon deftructeur ; que les générations fuffent attaquées dans leur germe, & que la nature fe contredifant elle-même pût rendre la tendreffe horrible, & le plaifir affreux ; on fe livrait à l'amour avec la fécurité de l'innocence. Des troupes vinrent, & tout changea.

Deux Lieutenans, l'Aumônier du régiment, un caporal, & un foldat de recrue qui fortait du féminaire, fuffirent pour empoifonner douze villages en moins de trois mois. Deux coufines de l'homme aux quarante écus fe virent couvertes de puftules calleufes ; leurs beaux cheveux tombèrent ; leur voix devint rauque ; les paupières de leurs yeux fixes & éteints fe changèrent d'une couleur livide, & ne fe fermèrent plus pour laiffer entrer le repos dans des membres difloqués qu'une carie fecrette commençait à ronger comme ceux de l'arabe Job, quoique Job n'eût jamais eu cette maladie.

Le Chirurgien major du régiment, homme d'une grande expérience, fut obligé de demander des aides à la Cour pour guérir toutes les filles du pays. Le Miniftre de la guerre toujours porté d'inclination à foulager le beau

fexe, envoya une recrue de fraters, qui gâ-
tèrent d'une main ce qu'ils rétablirent de
l'autre.

L'homme aux quarante écus lifait alors
l'hiftoire philofophique de Candide, traduite
de l'allemand du Docteur Ralph, qui prouve'
évidemment que tout eft bien, & qu'il était
abfolument *impoffible* dans le meilleur des
mondes *poffible*, que la vérole, la pefte, la
pierre, la gravelle, les écrouelles, la chambre de Valence & l'inquifition, n'entraffent
dans la compofition de l'univers, de cet univers uniquement fait pour l'homme roi des
animaux, & image de Dieu, auquel on voit
bien qu'il reffemble comme deux gouttes d'eau.

Il lifait dans l'hiftoire véritable de Candide, que le fameux docteur Panglofs avait perdu dans le traitement un œil & une oreille.
Hélas! dit-il, mes deux coufines, mes deux
pauvres coufines feront-elles borgnes ou bor-
gneffes & efforillées? Non, lui dit le Major
confolateur; les Allemands ont la main lour-
de, mais nous autres nous guériffons les filles
promptement, fûrement & agréablement.

En effet, les deux jolies coufines en furent
quittes pour avoir la tête enflée comme un

balon pendant fix femaines, pour perdre la moitié de leurs dents en tirant la langue d'un demi pied, & pour mourir de la poitrine au bout de fix mois.

Pendant l'opération le Coufin & le Chirurgien major raifonnèrent ainfi.

L'Homme aux quarante écus.

Eft-il poffible, Monfieur, que la nature ait attaché de fi épouvantables tourmens à un plaifir fi néceffaire ? tant de honte à tant de gloire, & qu'il y ait plus de rifque à faire un enfant qu'à tuer un homme ? Serait-il vrai au moins pour notre confolation que ce fléau diminue un peu fur la terre, & qu'il devienne moins dangereux de jour en jour ?

Le Chirurgien major.

Au contraire, il fe répand de plus en plus dans toute l'Europe Chrétienne ; il s'eft étendu jufqu'en Sibérie ; j'en ai vu mourir plus de cinquante perfonnes, & fur-tout un grand Général d'armée & un Miniftre d'Etat fort fage. Peu de poitrines faibles réfiftent à la maladie & au remède. Les deux fœurs, la petite & la groffe, fe font liguées encore plus que les Moines pour détruire le genre humain.

L'Homme aux quarante écus.

Nouvelle raifon pour abolir les moines ,
afin que remis au rang des hommes ils répa-
rent un peu le mal que font les deux fœurs.
Dites-moi, je vous prie , fi les bêtes ont la
vérole.

Le Chirurgien.

Ni la petite, ni la groffe , ni les moines
ne font connus chez elles.

L'Homme aux quarante écus.

Il faut donc avouer qu'elles font plus heu-
reufes & plus prudentes que nous dans ce
meilleur des mondes.

Le Chirurgien.

Je n'en ai jamais douté ; elles éprouvent bien
moins de maladies que nous ; leur inftinct eft
bien plus fûr que notre raifon ; jamais ni le
paffé ni l'avenir ne les tourmentent.

L'Homme aux quarante écus.

Vous avez été Chirurgien d'un Ambaffadeur
de France en Turquie, y a - t-il beaucoup de
vérole à Conftantinople ?

Le Chirurgien.

Les Francs l'ont apportée dans le fauxbourg
de Péra où ils demeurent. J'y ai connu un
Capucin qui en était mangé comme Panglofs ;

mais elle n'eft point parvenue dans la ville; les Francs n'y couchent prefque jamais. Il n'y a prefque point de filles publiques dans cette ville immenfe. Chaque homme riche a des femmes ou des efclaves de Circaffie, toujours gardées, toujours furveillées, dont la beauté ne peut être dangereufe. Les Turcs appellent la vérole le mal chrétien ; & cela redouble le profond mépris qu'ils ont pour notre théologie. Mais en récompenfe ils ont la pefte, maladie d'Egypte dont ils font peu de cas, & qu'ils ne fe donnent jamais la peine de prévenir.

L'Homme aux quarante écus.

En quel temps croyez-vous que ce fléau commença dans l'Europe?

Le Chirurgien.

Au retour du premier voyage de Chriftophe Colomb chez des peuples innocens qui ne connaiffaient ni l'avarice ni la guerre, vers l'an 1494. Ces nations fimples & juftes étaient attaquées de ce mal de temps immémorial, comme la lèpre régnait chez les Arabes & chez les Juifs, & la pefte chez les Egyptiens. Le premier fruit que les Efpagnols recueillirent de cette conquête du nouveau monde

fut la vérole; elle ſe répandit plus promptc-
ment que l'argent du Mexique qui ne cir-
cula que longtemps après en Europe. La raiſon
en eſt que dans toutes les villes il y avait alors
de belles maiſons publiques appelées bordels,
établies par l'autorité des Souverains pour
conſerver l'honneur des dames. Les Eſpagnols
portèrent le venin dans ces maiſons privilégiées,
d'où les Princes & les Evêques tiraient les filles
qui leur étaient néceſſaires. On a remarqué qu'à
Conſtance il y avait eu ſept cens dix-huit filles
pour le ſervice du Concile qui fit brûler ſi dé-
votement Jean Hus & Jérôme de Prague.

On peut juger par ce ſeul trait avec quelle
rapidité le mal parcourut tous les pays. Le
premier Seigneur qui en mourut fut l'illuſtriſ-
ſime & révérendiſſime Evêque & Vice-Roi
de Hongrie en 1499, que Bartolomeo Mon-
tanagua, grand médecin de Padoue, ne put
guérir. Gualtieri aſſure que l'Archevêque de
Mayence, *Bertold de Henneberg, attaqué de la
groſſe vérole rendit ſon ame à Dieu en 1504.*
On ſait que notre Roi, François I, en mourut. Henri III la prit à Véniſe; mais le Ja-
cobin Jacques Clément prévint l'effet de la
maladie.

Le Parlement de Paris, toujours zélé pour le bien public, fut le premier qui donna un arrêt contre la vérole en 1497. Il défendit à tous les vérolés de refter dans Paris *fous peine de la hart*. Mais comme il n'était pas facile de prouver juridiquement aux bourgeois & bourgeoifes qu'ils étoient en délit, cet arrêt n'eut pas plus d'effet que ceux qui furent rendus depuis contre l'émétique : & malgré le Parlement le nombre des coupables augmenta toujours. Il eft certain que fi on les avait exorcifés au lieu de les faire pendre, il n'y en aurait plus aujourd'hui fur la terre ; mais c'eft à quoi malheureufement on ne penfa jamais.

L'Homme aux quarante écus.

Eft-il bien vrai ce que j'ai lu dans Candide, que parmi nous quand deux armées, de trente mille hommes chacune, marchent enfemble en front de bandiere, on peut parier qu'il y a vingt mille vérolés de chaque côté ?

Le Chirurgien.

Il n'eft que trop vrai. Il en eft de même dans les licences de Sorbonne. Que voulez-vous que faffent de jeunes bacheliers à qui la nature parle plus haut & plus ferme que la théologie ? Je puis vous jurer que proportion

gardée , mes confrères & moi nous avons
traité plus de jeunes prêtres que de jeunes of-
ficiers.

L'Homme aux quarante écus.

N'y aurait-il point quelque maniere d'extirper cette contagion qui défole l'Europe ? On
a déjà tâché d'affaiblir le poifon d'une vérole,
ne pourra-t-on rien tenter fur l'autre ?

Le Chirurgien.

Il n'y aurait qu'un feul moyen, c'eft que
tous les Princes de l'Europe fe ligaffent enfemble comme dans les temps de Godefroi de
Bouillon. Certainement une croifade contre la
vérole ferait beaucoup plus raifonnable que ne
l'ont été celles qu'on entreprit autrefois fi malheureufement contre Saladin , Melecfala &
les Albigeois. Il vaudrait bien mieux s'entendre pour repouffer l'ennemi commun du genre
humain , que d'être continuellement occupé à
guetter le moment favorable de dévafter la terre, & de couvrir les champs de morts pour
arracher à fon voifin deux ou trois villes &
quelques villages. Je parle contre mes inté-
rêts, car la guerre & la vérole font ma fortune ; mais il faut être homme avant d'être Chirurgien major.

C'eft

C'eft ainfi que l'homme aux quarante écus fe formait, comme on dit, l'efprit & le cœur. Non-feulement il hérita de fes deux coufines qui moururent en fix mois ; mais il eut encore la fucceffion d'un parent fort éloigné qui avait été fous-fermier des hôpitaux des armées, & qui s'était fort engraiffé en mettant les foldats bleffés à la diète. Cet homme n'avait jamais voulu fe marier ; il avait un affez joli férail. Il ne reconnut aucun de fes parens, vécut dans la crapule, & mourut à Paris d'indigeftion. C'était un homme, comme on voit, fort utile à l'Etat.

Notre nouveau philofophe fut obligé d'aller à Paris pour recueillir l'héritage de fon parent. D'abord les fermiers du domaine le lui difputèrent. Il eut le bonheur de gagner fon procès, & la générofité de donner aux pauvres de fon canton qui n'avaient pas leur contingent de quarante écus de rente, une partie des dépouilles du richard. Après quoi il fe mit à fatisfaire fa grande paffion d'avoir une bibliothéque.

Il lifait tous les matins, faifait des extraits, & le foir il confultait les favans pour favoir en quelle langue le ferpent avait parlé à notre

G

bonne mère ; fi l'ame eft dans le corps cal-
leux ou dans la glande pinéale ; fi St. Pierre
avait demeuré vingt-cinq ans à Rome ; quelle
différence fpécifique eft entre un trône & une
domination ; & pourquoi les Nègres ont le nez
épaté ? D'ailleurs il fe propofa de ne jamais
gouverner l'Etat, & de ne faire aucune brochure contre les pièces nouvelles. On l'appelait Monfieur André, c'était fon nom de
baptême. Ceux qui l'ont connu rendent juftice
à fa modeftie & à fes qualités tant acquifes
que naturelles. Il a bâti une maifon com-
mode dans fon ancien domaine de quatre
arpens. Son fils fera bientôt en âge d'aller
au collége, mais il veut qu'il aille au collége
d'Harcourt & non à celui de Mazarin, à caufe
du Profeffeur Cogé qui fait des libelles, &
parce qu'il ne faut pas qu'un Profeffeur de
collége faffe des libelles.

Madame André lui a donné une fille fort
jolie, qu'il efpère marier à un Confeiller de la
Cour des-Aides, pourvu que ce magiftrat n'ait
pas la maladie que le Chirurgien major veut
extirper dans l'Europe chrétienne.

GRAN.

GRANDE QUERELLE.

PEndant le séjour de Monsieur André à Paris, il y avait une querelle importante. Il s'agissait de savoir si Marc Antonin était un honnête homme, & s'il était en enfer ou en purgatoire, ou dans les limbes, en attendant qu'il ressuscitât. Tous les honnêtes gens prirent le parti de Marc Antonin. Ils disaient : Antonin a toujours été juste, sobre, chaste, bienfaisant. Il est vrai qu'il n'a pas en paradis une place aussi belle que St. Antoine, car il faut des proportions comme nous l'avons vu. Mais certainement l'ame de l'Empereur Antonin n'est point à la broche dans l'enfer. Si elle est en purgatoire, il faut l'en tirer ; il n'y a qu'à dire des Messes pour lui. Les Jésuites n'ont plus rien à faire, qu'ils disent trois mille Messes pour le repos de l'ame de Marc Antonin ; ils y gagneront, à quinze sous la piece, deux mille deux cens cinquante livres. D'ailleurs, on doit du respect à une tête couronnée, il ne faut pas la damner légérement.

G ij

Les adversaires de ces bonnes gens préten-
daient au contraire qu'il ne fallait accorder
aucune composition à Marc Antonin ; qu'il
était un hérétique ; que les Carpocratiens &
les Aloges n'étaient pas si méchans que lui;
qu'il était mort sans confession ; qu'il fallait
faire un exemple ; qu'il était bon de le damner pour apprendre à vivre aux Empereurs de
la Chine & du Japon, à ceux de Perse, de
Turquie & de Maroc, aux Rois d'Angleterre, de Suéde, de Danemarck, de Prusse,
aux Stathouder de Hollande, & aux Envoyés
du Canton de Berne, qui n'allaient pas plus
à confesse que l'Empereur Marc Antonin ; &
qu'enfin c'est un plaisir indicible de donner
des décrets contre des Souverains morts, quand
on ne peut en lancer contr'eux de leur vi-
vant, de peur de perdre ses oreilles.

La querelle devint aussi sérieuse que le fut
autrefois celle des Ursulines & des Annon-
ciades, qui disputèrent à qui porterait plus
longtemps des œufs à la coque entre les fes-
ses, sans les casser. On craignit un schisme
comme du temps des cens & un compte de
ma mère l'oye, & de certains billets payables
au porteur dans l'autre monde. C'est une chose

bien épouvantable qu'un fchifme, cela fignifie divifion dans les opinions, & jufqu'à ce moment fatal, tous les hommes avaient penfé de même.

Monfieur André, qui eft un excellent citoyen, pria les chefs des deux partis à fouper. C'eft un des bons convives que nous ayons; fon humeur eft douce & vive, fa gaieté n'eft point bruyante; il eft facile & ouvert; il n'a point cette forte d'efprit qui femble vouloir étouffer celui des autres; l'autorité qu'il fe concilie n'eft dûe qu'à fes graces, à fa modération, & à une phyfionomie ronde qui eft tout-à-fait perfuafive. Il aurait fait fouper gaiement enfemble un Corfe & un Génois, un Repréfentant de Genève & un Négatif, le Muphti & un Archevêque. Il fit tomber habilement les premiers coups que les difputans fe portaient, en détournant la converfation, & en faifant un compte très-agréable, qui réjouit également les damnans & les damnés. Enfin, quand ils furent un peu en pointe de vin, il leur fit figner que l'ame de l'Empereur Marc Antonin refterait *in ftatu quo*, c'eft-à-dire, je ne fais où, en attendant un jugement définitif.

Les ames des Docteurs s'en retournèrent

dans leurs limbes paifiblement après le fouper : tout fut tranquille. Cet accomodement fit un très-grand honneur à l'homme aux quarante écus ; & toutes les fois qu'il s'élevait une difpute bien acariâtre, bien virulente, entre les gens lettrés ou non lettrés, on difait aux deux partis : *Meffieurs, allez fouper chez Monfieur André.*

Je connais deux factions acharnées, qui faute d'avoir été fouper chez Monfieur André, fe font attirées de grands malheurs.

SCELERAT CHASSÉ.

LA réputation qu'avait acquife M. André d'appaifer les querelles en donnant de bons foupers, lui attira la femaine paffée une fingulière vifite. Un homme noir, affez mal mis, le dos voûté, la tête panchée fur une épaule, l'œil hagard, les mains fort fales, vint le conjurer de lui donner à fouper avec fes ennemis.

Quels font vos ennemis, lui dit Monfieur André, & qui êtes-vous ? Hélas ! dit-il, j'avoue, Monfieur, qu'on me prend pour un de

ces maroufles qui font des libelles pour gagner
du pain, & qui crient Dieu, Dieu, Dieu,
religion, religion, pour attraper quelque petit bénéfice. On m'accufe d'avoir calomnié les
Citoyens les plus véritablement religieux, les
plus fincères adorateurs de la Divinité, les
plus honnêtes gens du Royaume. Il eft vrai,
Monfieur, que dans la chaleur de la compofition il échappe fouvent aux gens de mon métier de petites inadvertances qu'on prend pour
des erreurs groffières, des écarts que l'on qua-
lifie de menfonges impudens. Notre zèle eft
regardé comme un mélange affreux de fripon-
nerie & de fanatifme. On affure que tandis
que nous furprenons la bonne foi de quelques vieilles imbécilles, nous fommes le mépris & l'exécration de tous les honnêtes gens
qui favent lire.

Mes ennemis font les principaux membres
des plus illuftres Académies de l'Europe, des
Ecrivains honorés, des Citoyens bienfaifans.
Je viens de mettre en lumière un ouvrage
que j'ai intitulé *Anti-philofophique*. Je n'avais
que de bonnes intentions, mais perfonne n'a
voulu acheter mon livre. Ceux à qui je l'ai
préfenté l'ont jeté dans le feu, en me difant,

G iiij

qu'il n'était pas feulement anti - raifonnable,
mais anti-chrétien, & très-anti-honnête.

Eh bien, lui dit Monfieur André, imitez
ceux à qui vous avez préfenté votre libelle ;
jetez - le dans le feu, & qu'il n'en foit plus
parlé. Je loue fort votre repentir ; mais il
n'eft pas poffible que je vous faffe fouper avec
des gens d'efprit qui ne peuvent être vos ennemis, attendu qu'ils ne vous liront jamais.

Ne pourriez-vous pas du moins, Monfieur,
dit le Cafard, me réconcilier avec les parens
de feu Mr. de Montefquieu, dont j'ai outragé la mémoire, pour glorifier le Révérend
Père Rout, qui vint affiéger fes derniers mo-
mens & qui fut chaffé de fa chambre ?

Morbleu, lui dit M. André, il y a longtemps que le Révérend Père Rout eft mort,
allez-vous en fouper avec lui.

C'eft un rude homme que M. André quand
il a affaire à cette efpèce méchante & fotte.
Il fentit que le Cafard ne voulait fouper chez
lui avec des gens de mérite, que pour enga-
ger une difpute, pour les aller enfuite ca-
lomnier, pour écrire contr'eux, pour imprimer de nouveaux menfonges. Il le chaffa
de fa maifon, comme on avait chaffé Rout.

de l'appartement du Préfident de Montefquieu.

On ne peut guère tromper Monfieur André. Plus il était fimple & naïf quand il était l'homme aux quarante écus, plus il eft devenu avifé quand il a connu les hommes.

LE BON SENS

DE

MONSIEUR ANDRÉ.

COmme le bon fens de Monfieur André s'eft fortifié depuis qu'il a une bibliothéque, il vit avec les livres comme avec les hommes; il choifit, & il n'eft jamais la dupe des noms. Quel plaifir de s'inftruire, & d'agrandir fon ame pour un écu fans fortir de chez foi!

Il fe félicite d'être né dans un temps où la raifon humaine commence à fe perfectionner. Que je ferais malheureux, dit-il, fi l'âge où je vis était celui du Jéfuite Garaffe, du Jéfuite Guignard, ou du Docteur Boucher, du Docteur Aubri, du Docteur Guincefter, ou du temps que l'on condamnait aux galères ceux

qui écrivaient contre les cathégories d'Arif-
tote !.

La misère avait affaibli les reſſorts de l'ame
de M. André, le bien-être leur a rendu leur
élaſticité. Il y a mille Andrés dans le monde
auxquels il n'a manqué qu'un tour de roue de
la fortune pour en faire des hommes d'un vrai
mérite.

Il eſt aujourd'hui au fait de toutes les affaires de l'Europe, & fur-tout des progrès de l'efprit humain.

Il me ſemble, me difait-il mardi dernier, que
la raifon voyage à petites journées du nord
au midi, avec ſes deux intimes amies l'expérience & la tolérance ; l'agriculture & le commerce l'accompagnent. Elle s'eſt préſentée en
Italie, mais la Congrégation de l'Indice l'a
repouſſée. Tout ce qu'elle a pu faire a été
d'envoyer fecrétement quelques-uns de ſes fac-
teurs qui ne laiſſent pas de faire du bien. Encore quelques années, & le pays des Scipions
ne fera plus celui de arlequins enfroqués.

Elle a de temps en temps de cruels ennemis en France ; mais elle y a tant d'amis qu'il
faudra bien à la fin qu'elle y ſoit premier miniſtre.

Quand elle s'est présentée en Bavière & en Autriche, elle a trouvé deux ou trois grosses têtes à perruque qui l'ont regardée avec des yeux stupides & étonnés. Ils lui ont dit : Madame, nous n'avons jamais entendu parler de vous ; nous ne vous connaissons pas. Messieurs, leur a-t-elle répondu, avec le temps vous me connaîtrez & vous m'aimerez. Je suis très-bien reçue à Berlin, à Moscou, à Copenhague, à Stokolm. Il y a longtemps que par le crédit de Loke, de Gordon, de Trenchard, de Mylord Shaftsburi & de tant d'autres, j'ai reçu mes lettres de naturalité en Angleterre. Vous m'en accorderez un jour. Je suis la fille du temps, & j'attends tout de mon père.

Quand elle a passé sur les frontières de l'Espagne & du Portugal, elle a béni Dieu de voir que les bûchers de l'Inquisition n'étaient plus si souvent allumés ; elle a espéré beaucoup en voyant chasser les Jésuites ; mais elle a craint qu'en purgeant le pays de renards, on ne le laisse exposé aux loups.

Si elle fait encore des tentatives pour entrer en Italie, on croit qu'elle commencera par s'établir à Venise, & qu'elle séjournera dans le Royaume de Naples, malgré toutes les liquéfactions de ce pays-là qui lui donnent des vapeurs. On prétend qu'elle a un fecret infaillible pour détacher les cordons d'une couronne qui font embarraffés, je ne fais comment, dans ceux d'une thiare, & pour empêcher les haquenées d'aller faire la révérence aux mules.

Enfin, la converfation de Monfieur André me réjouit beaucoup; & plus je le vois, plus je l'aime.

D'UN BON SOUPER

CHEZ

MONSIEUR ANDRÉ.

NOus foupâmes hier enfemble avec un Docteur de Sorbonne, Mr. Pinto célébre juif, le chapelain de la chapelle réformée de l'ambaffadeur Batave, le fecrétaire de Mr. le prince Galitzin du rite Grec, un capitaine Suiffe Calvinifte, deux philofophes & trois dames d'efprit.

Le fouper fut fort long; & cependant on

ne difputa pas plus fur la religion, que fi aucun des convives n'en avait jamais eu ; tant
il faut avouer que nous fommes devenus polis ; tant on craint à fouper de contrifter fes
frères. Il n'en eft pas ainfi du régent Cogé,
& de l'ex-jéfuite Nonotte & de l'ex-jéfuite
Patouillet, & de l'ex-jéfuite Rotalier, & de
tous les animaux de cette efpèce. Ces cro-
quans-là vous difent plus de fottifes dans
une brochure de deux pages, que la meilleure
compagnie de Paris ne peut dire de chofes
agréables & inftructives dans un fouper de
quatre heures. Et ce qu'il y a d'étrange, c'eft
qu'ils n'oferaient dire en face à perfonne ce
qu'ils ont l'impudence d'imprimer.

La converfation roula d'abord fur une plai-
fanterie des Lettres Perfanes, dans laquelle on
répéte, d'après plufieurs graves perfonnages,
que le monde va non-feulement en empirant,
mais en fe dépeuplant tous les jours ; de forte
que fi le proverbe, *plus on eft de fous, plus on
rit,* a quelque vérité, le rire fera inceffamment
banni de la terre.

Le docteur de Sorbonne affura qu'en effet
le monde était réduit prefque à rien. Il cita
le pere Pétau, qui démontre qu'en moins de

trois cens ans un seul des fils de Noé (je ne sais si c'est Sem ou Japhet) avait procréé de son corps une série d'enfans, qui se montait à six cens vingt-trois milliards, six cens douze millions, trois cens cinquante-huit mille fidèles, l'an 285 après le déluge universel.

Monsieur André demanda pourquoi du temps de Philippe le Bel, c'est-à-dire, environ trois cens ans après Hugues Capet, il n'y avait pas six cens vingt - trois milliards de princes de la maison royale ? c'est que la foi est diminuée, dit le Docteur de Sorbonne.

On parla beaucoup de Thèbes aux cent portes, & du million de soldats qui sortaient par ces portes, avec vingt mille chariots de guerre. Serrez, serrez, disait Mr. André, je soupçonne, depuis que je me suis mis à lire, que le même génie qui a écrit Gargantua, écrivait autrefois toutes les histoires.

Mais enfin, lui dit un des convives, Thèbes, Memphis, Babylone, Ninive, Troye, Seleucie étaient des grandes Villes & n'existent plus. Cela est vrai, répondit le Sécretaire de Mr. le Prince Galitzin. Mais Moscou, Constantinople, Londres, Paris, Amsterdam, Lyon qui vaut mieux que Troye, toutes les villes de France , d'Allemagne , d'Espagne & du Nord , étaient alors des déserts.

Le Capitaine Suisse, homme très-instruit , nous avoua que quand ses ancêtres voulurent quitter leurs montagnes & leurs précipices pour aller s'emparer , comme de raison, d'un pays plus agréable , César qui vit de ses yeux le dénombrement de ces émigrans , trouva qu'il se montait à trois cens soixante & huit mille , en comptant les vieillards , les enfans & les femmes. Aujourd'hui le seul canton de Berne possede autant d'habitans; il n'est pas tout-à-fait la moitié de la Suisse ; & je puis vous assurer que les treize cantons ont au delà de sept cens vingt mille ames , en comptant les natifs qui servent ou qui négocient en pays étrangers. Après cela , Messieurs les Savans , faites des calculs & des systêmes , ils seront aussi faux les uns que les autres.

Ensuite on agita la question, si les Bourgeois de Rome du temps des Césars étaient plus riches que les Bourgeois de Paris du temps de M. Silhouette.

Ah! ceci me regarde, dit M. André. J'ai été longtemps l'homme aux quarante écus ; je crois bien que les Citoyens Romains en avaient davantage. Ces illuftres voleurs de grand chemin avaient pillé les plus beaux pays de l'Afie, de l'Afrique & de l'Europe. Ils vivaient fort fplendidement du fruit de leurs rapines; mais enfin il y avait des gueux à Rome. Et je fuis perfuadé que parmi ces vainqueurs du monde il y eut des gens réduits à quarante écus de rente comme je l'ai été.

Savez-vous bien, lui dit un Savant de l'Académie des infcriptions & belles-lettres, que Lucullus dépenfait à chaque fouper qu'il donnait dans le falon d'Apollon, trente - neuf mille trois cens foixante & douze livres treize fous de notre monnoie courante; mais qu'Atticus, le célébre Epicurien Atticus, ne dépenfait pas par mois pour fa table au - delà de deux cens trente livres tournois.

Si cela eft, dis-je, il était digne de préfider à la confrérie de la léfine établie depuis peu en Italie. J'ai lu comme vous dans Florus cette incroyable anecdote; mais apparemment que Florus n'avait jamais foupé chez Atticus, ou que fon texte a été corrompu, comme tant d'autres, par les Copiftes. Jamais Florus ne me fera croire que l'ami de Céfar & de Pompée, de Ciceron & d'Antoine, qui

man-

mangeait fouvent chez lui, en fut quitte pour un peu moins de dix louis d'or par mois.

Et voilà juftement comme on écrit l'hiftoire.

Madame André prenant la parole, dit au Savant que s'il voulait défrayer fa table pour dix fois autant, il lui ferait grand plaifir.

Je fuis perfuadé que cette foirée de M. André valait bien un mois d'Atticus. Et les Dames doutèrent fort que les foupers de Rome fuffent plus agréables que ceux de Paris. La converfation fut très-gaie, quoiqu'un peu favante. Il ne fut parlé ni des modes nouvelles, ni des ridicules d'autrui, ni de l'hiftoire fcandaleufe du jour.

La queftion du luxe fut traitée à fond. On demanda fi c'était le luxe qui avait détruit l'Empire Romain, & il fut prouvé que les deux Empires d'Occident & d'Orient n'avaient été détruits que par la controverfe & par les Moines. En effet, quand Alaric prit Rome, on n'était occupé que de difputes théologiques; & quand Mahomet II prit Conftantinople, les Moines défendaient beaucoup plus l'éternité de la lumière du Tabor qu'ils voyaient à leur nombril, qu'ils ne défendaient la ville contre les Turcs.   H

Un de nos Savans fit une réflexion qui me frappa beaucoup. C'est que ces deux grands Empires font anéantis, & que les ouvrages de Virgile, d'Horace & d'Ovide fubfiftent.

On ne fit qu'un faut du fiècle d'Augufte au fiècle de Louis XIV. Une Dame demanda pourquoi, avec beaucoup d'efprit, on ne faifait plus guères aujourd'hui d'ouvrage de génie.

Monfieur André répondit que c'eft parce qu'on en avait fait dans le fiècle paffé. Cette idée était finie & pourtant vraie ; elle fut approfondie. Enfuite on tomba rudement fur un Ecoffais qui s'eft avifé de donner de règles de goût, & de critiquer les plus admirables endroits de Racine, fans favoir le Français (*). On traita encore plus févérement un Italien, nommé Dénina, qui a dénigré *l'Efprit des Loix* fans

----

(*) Ce M. Home, grand Juge d'Ecoffe, enfeigne la manière de faire parler les héros d'une tragédie avec efprit : & voici un exemple remarquable qu'il rapporte de la tragédie de Henri IV, du divin Shakefpear. Le divin Shakefpear introduit Mylord Falftaf, chef de Juftice, qui vient de prendre prifonnier le Chevalier Jean Coléville & qui le préfente au Roi.

,, Sire, le voilà, je vous le livre, je fupplie votre gra-
,, ce de faire enrégîtrer ce fait d'armes parmi les autres
,, de cette journée, ou pardieu je le ferai mettre dans une
,, balade avec mon portrait à la tête ; on verra Coleville
,, me baifant les pieds. Voilà ce que je ferai fi vous ne
,, ren-

fans le comprendre, & qui fur-tout a cenfuré ce que l'on aime le mieux dans cet ouvrage.

Cela fit fouvenir du mépris affecté que Boileau étalait pour le Taffe. Quelqu'un des convives avança que le Taffe avec fes défauts était autant au-deffus d'Homère, que Montefquieu avec fes défauts encore plus grands, eft au-deffus du fatras de Grotius. On s'éleva contre ces mauvaifes critiques dictées par la haine nationale & le préjugé. Le Signor Dénina fut traité comme il le méritait, & comme les pédans le font par les gens d'efprit.

On remarqua fur-tout avec beaucoup de fagacité, que la plupart des ouvrages littéraires du fiècle préfent, ainfi que les converfations, roulent fur l'examen des chefs-d'œuvres du dernier fiècle. Notre mérite eft de difcuter

H ij   fur

,, rendez pas ma gloire auffi brillante qu'une pièce de ,, deux fous dorée. Et alors vous me verrez dans le ,, clair ciel de la renommée ternir votre fplendeur com- ,, me la pleine lune efface les charbons éteints de l'élé- ,, ment de l'air, qui ne paraiffent autour d'elle que ,, comme des têtes d'épingles.

C'eft cet abfurde & abominable galimatias très-fréquent dans le divin Shakefpear, que M. Jean Home propofe pour le modèle du bon goût & de l'efprit dans la tragédie. Mais en récompenfe, M. Home trouve l'Iphigénie & la Phédre de Racine extrêmement ridicules.

fur leur mérite. Nous fommes comme des enfans déshérités qui font le compte du bien
de leurs pères. On avoua que la Philofophie
avait fait de très-grands progrès , mais que
la langue & le ftyle s'étaient un peu corrom-
pus.

C'eft le fort de toutes les converfations, de
paffer d'un fujet à un autre. Tous ces ob-
jets de curiofité, de fcience & de goût, difparurent bientôt devant le grand fpectacle que
l'Impératrice de Ruffie & le Roi de Pologne
donnaient au monde. Ils venaient de rele-
ver l'humanité écrafée , & d'établir la liberté
de confcience dans une partie de la terre,
beaucoup plus vafte que ne le fut jamais
l'Empire Romain. Ce fervice rendu au genre
humain, cet exemple donné à tant de Cours
qui fe croient politiques , fut célébré comme
il devait l'être. On but à la fanté de l'Impératrice , du Roi Philofophe , & du Primat
Philofophe , & on leur fouhaita beaucoup
d'imitateurs. Le Docteur de Sorbonne même
les admira ; car il y a quelques gens de bon
fens dans ce corps , comme il y eut autrefois
des gens d'efprit chez les Béotiens.

Le Secrétaire Ruffe nous étonna par le récit

de tous les grands établiſſemens qu'on fai-
ſait en Ruſſie. On demanda pourquoi on aimait mieux lire l'hiſtoire de Charles XII, qui
a paſſé ſa vie à détruire, que celle de Pierre
le Grand qui a conſumé la ſienne à créer.
Nous conclûmes que la faibleſſe & la frivo-
lité ſont la cauſe de cette préférence ; que
Charles XII fut le Dom Quichote du Nord,
& que Pierre en fut le Solon ; que les eſprits ſuperficiels préférent l'héroïſme extrava-
gant aux grandes vûes d'un Légiſlateur : que
les détails de la fondation d'une ville leur
plaiſent moins que la témérité d'un homme qui
brave dix mille Turcs avec ſes ſeuls domeſti-
ques ; & qu'enfin, la plupart des lecteurs
aiment mieux s'amuſer que s'inſtruire. De-là
vient que cent femmes liſent les mille & une
nuit, contre une qui lit deux chapitres de
Locke.

De quoi ne parla-t-on point dans ce repas,
dont je me ſouviendrai longtemps ! Il fallut
bien enfin dire un mot des Acteurs & des Ac-
trices, ſujet éternel des entretiens de table de
Verſailles & de Paris. On convint qu'un bon
Déclamateur était auſſi rare qu'un bon Poëte.
Le ſouper finit par une chanſon très-jolie qu'un

des convives fit pour les Dames. Pour moi j'avoue que le banquet de Platon ne m'aurait pas fait plus de plaifir que celui de Monfieur & de Madame André.

Nos petits Maîtres & nos petites Maîtreffes s'y feraient ennuyés fans doute ; ils prétendent être la bonne compagnie ; mais ni Monfieur André ni moi ne foupons jamais avec cette bonne compagnie-là.

F I N.

TABLE
DES PIECES

Contenues dans ce Volume.